# 一般人の俺を芸能科女子達が逃がしてくれない件。

著――膳所々　ill――カット

水瀬凪咲
minase nagisa
幼少期から子役として
活躍している現役女優。
演技の面で北城裕也に
憧れており……？
蒼井優人
aoi yuto
国民的人気俳優・北城裕《ほくじょうゆう》也《や》を
父に持つも、平穏な暮らしを
望む高校一年生。
堀田あかり
hotta akari
優人とは物心ついた時からの幼馴染。
現在は芸能科に通いながら
アイドルを目指している。

# 一般人の俺を芸能科女子達が逃がしてくれない件。

膳所々

角川スニーカー文庫

24556

CONTENTS




design work:小久江厚（ムシカゴグラフィクス）
illustration:カット

# プロローグ　抱えた秘密

高校入学式前日の夜。

蒼井優人《あおいゆうと》はマンションの窓から入ってくる春の夜風にあたりながら、何度も読んだことのある恋愛小説を開いていた。

映画化もされているこの小説は涙を誘うストーリーに加え、主人公を演じる俳優の演技が観客を魅了し、公開された年の映画賞を総なめにしたことで今も語り継がれるほどの伝説となっている。

俳優目的で何十回と見たその映画は、俳優のセリフ、表情、視線の動かし方まで俺の脳裏に焼き付いている。

「お風呂どうぞ〜……って、また読んでるの？　優人」

風呂から上がってきた母さんが濡《ぬ》れた髪をバスタオルで拭きながら優人の隣に腰かけた。

「まぁな。文字で読んでから映像を見ると、尚更《なおさら》クオリティが高い事が分かるんだよ。母さんも原作読んでみたら？」

栞《しおり》を挟んだ本をローテーブルに置き、読書で凝り固まった体をほぐすように伸びをしながらソファに深く背中を預ける。

「恋愛モノはあまりねぇ……。それに、私の目的はお父さんだって優人も分かってるでしょ？」

軽く笑い、鼻歌を広い部屋に響かせながら自分の髪を手入れする。

母さんは父の話をする時、いつも楽しそうに話す。

俺と血のつながった実の父、北城裕也《ほくじょうゆうや》は国内なら知らない人は居ないほどの有名演技派俳優だ。

先程読んでいた恋愛小説の映画の主演も、北城裕也が演じている。

「あ、お父さんまた主演だって。見に行かないとね」

ローテーブルの上に置いてあったリモコンを手に取った母さんがテレビの電源を入れると、画面右上に北城裕也が主演をするというトピックと、女性アナウンサーが北城裕也にインタビューをしている映像が流れる。

そしてそれを眺める母さんの横顔はなんだか嬉《うれ》しそうだ。

——俺の母に結婚歴は無い。

母さんに聞いた話だと、テレビ業界と関わりのあった母さんの両親がきっかけで父と知り合い、父のファンだった母が熱心に関わっていくうちに俺を授かった。

若い頃国宝級イケメンとして事務所に売り出され、女性ファンが主だった父はそのことで芸能界を去る決意もしていたらしいが、母さんが「この子を産ませてくれるなら何も望まないから、活動は絶対に続けて欲しい」と自ら頼み込んだらしい。

その結果俺の事は世間に公表せず、北城裕也は活動を続け、俺達に経済的支援を行ってくれている。

そのおかげで生活に困ったことも無いし、この二人で暮らすには広すぎるタワーマンションに住めているのだ。

俺を産んでくれた時まだ若かった母さんは相手を親にも隠していたらしく、俺の祖父にあたる父親に家から追い出されてしまったらしい。

それが原因で、俺は小さい頃からたまに会いに来てくれていた祖母以外の親族に会ったことがない。

「ほら、早くお風呂入って寝なさい？　明日から学校始まるんだし、寝不足の暗い表情だと友達も彼女も出来ないわよ？」

　俺は寝不足でもそうじゃなくても暗い表情をしているという言葉を飲み込み、風呂場へ向かうために立ち上がろうとする。

「あ、でも流石《さすが》に初日で彼女を作るのは止めときなさいよ？　そういうのはもっと相手を知ってからにしなさい？」

「初日もそれ以降も彼女なんて出来ない」

　思春期男子の母親の言動なんてそんなものなのだろうか。わざわざ風呂場へ向かおうとする俺を止めて言う事でもないような事をぶつけられ、俺は小さくため息をついた。

「そんなこと無いでしょ？　お父さんの若い頃にそっくりで、それに私の血も入ってるんだから先輩とかに声かけられちゃうんじゃない？」

「……俺ってそんなに父さんに似てる？」

　からかう様な口調でそう言ってきた母さんの言葉に引っ掛かる。

「そうねぇ……前まで私が五割入ってた感じだけど、最近は八割ぐらいはお父さんね」

　そのことから浮かび上がってくる、一つの懸念事項。

「……バレないかな？　俺と父さんの血がつながってるって」

　心配になってそう告げると、母さんは吹き出してその不安を笑い飛ばした。

「似てるってだけで血がつながった親子だなんて誰も思わないわよ。もしそんなに勘が鋭い人が居たんだったら驚きだけど、遠い親戚とか言って誤魔化《ごまか》したらどうとでもなるんじゃない？」

「……まぁ、そうか」

心の底に少しの不安を残したままそう呟《つぶや》いて、脱衣所へ向かう。

「……似てるか？」

脱衣所にある洗面台の鏡に向き合いながら、誰に聞かせるでもなくそう呟いた。自分では分からないが、母さんが自信を持って似ていると言うのならそうなのだろう。

もしバレたなら、北城裕也のキャリアに傷がつくのは当然として、北城裕也に批判コメントが集まり、それを見た母さんは傷つくだろう。

その結果は俺も避けたい。

「――意識し過ぎてもあまり良くない、か」

俺は明日から訪れる新生活をただの高校生、ただ普通の環境で育ってきた一般人として過ごせばいいのだ。

そう頭の中で纏《まと》めると、少し気分が軽くなった気がした。

# 1章　友達のラインはいつの間にか越えている

「……起きるか」

入学式当日、春休み期間中では絶対に鳴らなかったアラームに無理やり起こされる。

冬用の少し重い布団をどけ、ベッド横のカーテンを開けると既に昇っている太陽の光が目に届く。

「まぶしい……」

雲一つ見えない青空に輝く太陽は、まるで新しい日常が始まる学生達を祝福しているかのようだ。

この太陽を見た全国の校長達は、自らの胸ポケットに忍ばせる原稿に「暖かい春の陽光に見守られ」という前置きを追加する事だろう。

「おはよう。母さん」

「おはよう……って、昨日より大人の顔つきね。やっぱ高校生になったからかしら」

「一日じゃなんも変わんないって」

まだ眠い頭に投げつけられる母さんの冗談をかわしながら、食卓に並べられた朝食を事務的に口の中へと放り込む。

「――続いては、来月公開の映画に出演される……」

朝のニュース番組をラジオ感覚で聞きながら朝食を済ませ、朝の支度を終えた後、自室で新入生特有の少しオーバーサイズな制服に袖を通した。

「……うん！　やっぱりお父さんの血を引いてるからなんでも着こなすのね～！」

「母さん、何か着る度にそれ言うのやめて」

自室を出てリビングに戻ると、嬉しそうに口角を上げながら俺を待っていた母さんに迎えられる。

こういうのを親バカと言うのだろうか、と思いつつ椅子に置いてあった新品のスクールバッグを持ち上げた。

「じゃ、行ってきます」

「行ってらっしゃい」

その声を背中に受け、まだ少し感じる睡魔を太陽の光で追い出しながら廊下の先にあるエレベーターに向かう。

外に出掛ける時には当たり前にしていた行為も、高校生活初日という前書きがあれば何か特別に感じてしまうのは、俺も心の底ではワクワクしているという証拠なのだろうか。

「お～はよっ！」

そんな思考をぶった切るように、背中に衝撃が走る。視界の端には、俺の背中に当たったであろう俺と同じ新品のスクールバッグがあった。

「……朝から元気だな、お前は」

「もう！　優人《ゆうと》、おはようって言ったらおはようでしょ？」

「……おはよう、あかり」

「うん！　よろしい」

俺と同じ階に住む堀田《ほった》あかり。

物心つく前から一緒にいて、所謂《いわゆる》幼馴染《おさななじみ》という関係。

小さい時から今も変わらず元気の塊みたいな奴《やつ》だ。

「お前を見てると俺の元気まで吸い取られそうだ……」

「あはは！　優人の元気なんて吸ったら私まで元気がなくなるじゃん！」

「……俺の元気は毒かなんかなのか？」

小さい時から変わらない距離感で、あかりのペースに乱されながらも到着したエレベーターに乗り込む。

「それはそうと、元気がないのは優人に体力が無いからじゃないの？　鍛えないと、ほら！」

そう言って差し出してきたあかりのスクールバッグを俺は何も言わずに受け取る。

抵抗など無駄なことは何年も前に理解している。

「というか、心配だなあ……私、友達出来るかな？」

「お前に友達が出来なかったら誰にも出来ないぞ」

「え〜？　でもやっぱり不安じゃん？　あ〜あ、優人と同じクラスにならないかなぁ〜」

「学科が違うんだからそりゃ無理だ」

一階に到着したエレベーターの開ボタンを押しながらそう言うと、あかりは「わかってるけどさぁ〜」と言いながら先にエレベーターを降りた。

俺達が通う私立一葉《いちよう》高校は一学年あたり千人を超える大規模校で、その中には普通科、進学科、音楽科、芸能科など様々な学科が存在する。

「というかさ〜、なんで優人は芸能科にしなかったの？　性格は暗いけど、その顔なら絶対入れたよ？」

「せめてクールと言ってくれ。というか、前も言っただろ？　あんまり目立ちたい性格じゃないし、普通に暮らしたいしって」

「勿体《もったい》ないと思うけどなぁ……。まぁ進学科なら優人みたいな子もいっぱい居て、友達も作りやすいのかな？」

進学科に対して失礼なことを言われた気がするが、いちいち気にしていたらキリがないのでスルーしておく。

「というか、私めっちゃ制服似合ってない⁉」

そう言って腰に手を当てながら見事に着こなしている制服姿を見せつけてくる。

コイツが着ている服を似合わないと思ったことは一度もない。

そもそも、同年代に比較対象が居ないぐらい顔がいい。

本人もそれを自覚しているのか、時折見せる自信満々な表情すら魅力を引き立てるアクセントになっている。

「褒めなかったら怒るだろ、お前。似合ってるけどさ」

ふふん。と鼻を鳴らし、ドヤ顔を披露しながら胸に手を当てる。

「アイドル志望ならどんな衣装も着こなさないとね！」

幼い頃からアイドルになると高らかに宣言していたあかりは、迷わずに芸能科への進学を決めていた。

幼馴染の贔屓目《ひいきめ》かもしれないが、あかりの持つ性格の明るさはテレビに出てくるような、人を元気付けるアイドルに近いものだと思う。

通学路をしばらく歩くと、周りにも同じ制服を着た高校生が増えてくる。

それと同時に俺達……もとい、あかりに向けられる視線も増えていく。

一目で分かる整った顔立ちに、同年代の女性は羨むであろう雪の様に白い肌はすれ違う人皆の視線を引き付けていた。

「あ、なんか緊張解けてきたかも」

「……そうか」

視線は今も増え続けているにもかかわらず緊張が解けてきたなどと抜けたことを言う幼馴染に呆《あき》れつつ、いつも通りの能天気具合に安心する。

幼馴染といつも通りのやり取りを交わしているうちに、私立一葉高校と書かれた看板と、高校にしては大きすぎる校門が視界に入ってくる。

中学の時では考えられないほどの人の往来は、新しい生活の始まりを予感させるには十分だった。

やはり数千人規模の学校といったところだろうか。広すぎる敷地内を歩き、学年ごとに分かれている校舎の一番奥、一年生用の校舎に到着した頃には軽い散歩を終えた気分になっていた。

敷地内の北側にある一年生用の棟は、主に芸能科や音楽科の生徒達の授業で使われ、その他の科の生徒達にはあまり縁のない実習棟と、ホームルーム教室が集まる学習棟に分けられている。

上のフロアにホームルーム教室があるあかりとは階段で別れ、普通科、進学科の生徒の教室が入る一階の廊下を一人で歩く。

いくつもの教室が並ぶ一番奥。一クラスしかない進学科、一年一組。

その教室の前に辿《たど》り着くと、教室前方の扉に座席表が貼り付けてあることに気が付いた。

窓側から一列目、前から二番目。

蒼井《あおい》という苗字《みようじ》を持つ俺は、今まで出席番号一番を明け渡したことは無いのだが、どうやら俺の最強伝説は高校にてあっけなく終わりを迎えたらしい。

高校のレベルの高さを実感しつつ、まだ空席の多い新品の机たちを横目に捉えながら席に向かう。

初日と言う事もあってか教室内は静かだ。

自分の席に着くと、まず目についたのは左手側の窓から見える景色だった。窓から見える広い庭の中心にある噴水は何となく心を落ち着かせてくれる。

教室内に居る人は少なくないものの、皆初対面なのか会話は少ない。静かな空間に響くのは、距離感を測るような控え目なやり取りと噴水の水音だけだ。

俺の前に座る出席番号一番、相田《あいだ》さんはそんな少し緊張した教室の空気をまったく気にしていない様子で、窓から吹き込む春風に自身の長い黒髪を揺らしながら焦げ茶色のブックカバーに包まれた文庫本に没頭していた。

そんな彼女を見るとはなしに見ていると、いつのまにか教室前方の扉から担任らしい女性教師が入って来ていた。

どうやら入学式の開式まであまり時間がないらしく、軽い自己紹介を聞かされた後、俺達はすぐに入学式が行われるイベントホールへと案内された。

軽く二千人は入りそうなそのホールは、行事や音楽科の生徒の試験など色々な用途に使われるらしい。

担任教師の指示に従い、柔らかい素材で出来ている座席に着席し、開式を待つ。

普段の生活では見ることの無い規模感の建物に感心していると校長らしき初老の男性と、二人の女子生徒が壇上に上がった。

「――暖かい春の陽光に……」

行事恒例の校長からの挨拶を聞き流しながら、校長の背後にいる女子生徒に視線を移す。

片方の女子生徒はクラスメイトだった。

俺の前の席に座っている相田さん。校長が挨拶を済ませた後マイクを手渡された彼女は落ち着いた透明感のある声色で新入生代表としての挨拶を行う。

緊張している様子もなく、淡々と挨拶をこなしていく様子は彼女の聡明《そうめい》さを引き立たせていた。

相田さんの次に紹介されたのは芸能科新入生の水瀬《みなせ》凪咲《なぎさ》さん。

子供の（幼い）頃から子役として活動していて、今でも女子高生女優として活動しているらしい。確かに、母さんが見ていたドラマやバラエティー番組で見たことがあるような気がする。

数年前に子役として父と共演していたことがあったので名前と子役時代のイメージは脳内にあったが、現在も芸能界の最前線で活躍しているとは知らなかった。

相田さんから水瀬さんにマイクが渡った時のホール内の沸きっぷりから察するに、その人気はかなりのものらしい。

思わず零《こぼ》れた「すごいな……」という小さな呟《つぶや》きは、相田さんとは反対に明るい口調で話す水瀬さんの声に埋もれていった。

式の最中座りっぱなしで固くなった体をほぐしながら、イベントホールを後にすると、スマホのメッセージアプリにあかりから〈噴水前で待ち合わせ！〉という一文が届いていた。

あかりの教室がある二階からも、庭の噴水は目についたのだろう。

昇降口からグルッと回り、噴水が目に入る距離に近づいた時、今朝も見た幼馴染の顔と、その幼馴染と仲良さそうに話す女子生徒の姿が目に入った。

あかりと同じ青のリボンタイをしている事から察するに、俺と同じ一年生だろう。

俺は迷いなくあかりから少し距離を取った場所で足を止めた。

友達が自分の知らない友達と話をしている所に突っ込むのはあまりにもリスクが高い。

ポケットからスマホを取り出し、その友達と解散してから合流しようという旨のメッセージを送ろうとした時、あろうことか馬鹿な幼馴染が大声で「ゆうと〜！」と叫び始めた。

周りの生徒が俺に浴びせる視線を前にダッシュで逃げる訳にもいかず、渋々二人の傍《そば》に近寄る。

「優人！　遅い！」

「仕方ないだろ……順番的に一組がホールから出られるのは最後だったんだから……」

妥当な理由を挙げたにもかかわらず「もう！」と不満げな声を漏らした幼馴染《おさななじみ》は、すぐにコロッと表情を切り替えて隣の女子に「あ、言ってた幼馴染の優人ね！」と俺の事を紹介している。

あかりは軽く会釈をした俺の方に向き直り「で！　こっちが今日友達になった村井日向《むらいひなた》ちゃん！　同じクラスの子で女優志望なんだって！」と早速出来た友達を紹介した。

「えっと……初めまして……」

「日向ちゃん仲良くしてあげてね？　多分優人友達出来てなくて落ち込んでると思うから」

「……明日から作るんだよ」

「やっぱり出来てないんだ～？」

下から俺の顔を覗《のぞ》き込んで馬鹿にしてくる幼馴染の相手をしていると、村井さんの呟きが耳に入る。

「……あかりちゃん、話が違うじゃないですか」

「ん？　何が？」

「イケメンじゃないですか！」

わなわなと震え、握りこぶしを作る彼女は何を言い出すかと思えば特殊な怒り方をしてきた。

「まぁ、そうかもしれないけど……なんかあった？」

「普通幼馴染に言われるほど暗い性格でウチの進学科に入れるぐらいのガリ勉ならもっと暗ーい地味な人だと思うでしょ！　もっとこう……眼鏡《めがね》かけてるとか！」

一生懸命に力説し、自分の不満を訴える彼女を見て、類は友を呼ぶという言葉は間違っていなかったのだとなんとなく思った。

変な奴《やつ》の傍に、変な奴が寄ってきた。

「私、イケメン苦手なんですよ。あの人生ちょろいって思ってそうな顔が苦手で苦手で……幼馴染さん！　あなたもそうです！」

「全然そんなこと思ってないけど……」

「嘘《うそ》です！　そんな顔して、しかも頭もいいなんて女侍《はべ》らせ放題なんでしょ！　最低です！」

「はぁ……」

「分かってないですね!?　よく見てください！　この私の顔！　怒ってるでしょ!?」

そう言われて顔を見てみるも、あかりに劣らず可愛《かわい》い方面に整った顔立ちと、中学生にすら負けそうな小さな背丈では眉間に寄ったしわもただの小型犬がするような威嚇にしか見えない。

「わわ！　そんなに近寄らないでください！　近距離のイケメンは目に毒です！」

言ってることが二転三転する彼女に思わずため息が出る。

「……あかり、いい友達を見つけてきたな」

皮肉の意味を込めてそう言うと、同じく変な幼馴染は「でしょ！」と心底嬉《うれ》しそうな顔をする。

……変な奴には皮肉も褒め言葉に聞こえるらしい。

◆

「にしても、思ってたのと違ったなぁ」

「何がだ？」

帰宅途中、通学路を歩きながらあかりが呟く。

ちなみにあかりの家に遊びに行くらしい村井さんは、今も人見知りの猫がする様な警戒した眼差《まなざ》しで俺を見ている。いや、睨《ね》め付けている。

というか、登校初日にどうやったら家に遊びに行くまで仲良くなれるんだ？

「いやさ？　アイドル志望だから彼氏作るつもりなんてないけど、やっぱり芸能科ってカッコいい人多そうじゃん？　だからちょっと楽しみにしてたんだけどな～」

「私は楽しみじゃなかったです！　全然！　夢の為《ため》に仕方なく芸能科にしましたけど、やっぱりちゃらんぽらんそうな人が多かったです！」

「ちゃらんぽらんって……死語だろそれ……」

未《いま》だにあかりの陰に隠れつつ様子を窺《うかが》ってくる彼女は、やはりイケている人に対するヘイトが高いらしく、その表情には脳内に蘇《よみがえ》ってくるのであろう今日会ったばかりのクラスメイトへの憎悪がにじみ出ている。

「で、あかりは何が不満だったんだよ」

「いや、不満って程じゃないけどね？　なんか皆思ったより子供っぽいっていうか？　まぁ少女漫画みたいな恋が出来なそうなのが残念……みたいな？」

「というか、幼馴染さんはなんで進学科なんですか？　その憎たらしい顔があれば芸能科でも無双できそうなもんですが」

「優人、な。ただ単に興味が無いからだよ。それに勉強はある程度努力してきた自負はあるし、親からもらったＤＮＡだけで生きていくのも俺はあまりやりたくないんだ」

「まぁ優人のお母さんめっちゃ美人だもんね～」

「へぇ～。じゃあお父さんもさぞかしカッコいい方なんでしょうね。是非とも見てみたいです」

「あ、優人お父さんいないから見れないよ？」

母さんも俺も父が居ない事は気にしていないことを理解しているあかりはあっけらかんとした様子で伝えるが、その事実を伝えられた村井さんは、先程までしていた俺に対する警戒した表情を解き、一気に眉を下げ申し訳なさそうな表情になる。

「いや、あのその……確かにイケメンは嫌いですがそういう貶《おとし》めるというか、馬鹿にするというか、そういった意図は全くなくて……」

急にしおらしくなった彼女の態度の落差に思わず笑ってしまう。

「ちょ、何笑ってんですか！　本気で申し訳ないと思ってるんですよ？」

村井さんは俺の気にしてない様子に少し安堵《あんど》している様子を覗かせつつ、体全体で怒りを表現して、目を細めた不満そうな表情になる。

「ごめんごめん。いや、別にいいよ。気にしてないし。でも、悪態つくわりには意外としっかりした奴なんだな」

「な、わ、私は女の子を悲しませるイケメンが多いから嫌ってるだけで性根が腐ってるわけではないです！」

小さい体を使って目一杯怒りを表現してくるその姿にまた少し笑いがこみあげてくる。

「なるほど。悪い奴じゃないってことだな」

「よ～し！　着いたよ～！」

そんなやり取りを交わしているうちに目的地に到着する。

「うわ～……大きいですね。うち、一軒家なのでなんかワクワクします」

「え～？　あんま良くないよ？　遅刻しそうな時にエレベーター来ないとめっちゃ焦るし」

「生活の一部にエレベーターがあるのってなんかワクワクしますけどね」

「え～？　そうかな？」

「まぁ、毎日使うとなると面倒に思う事もあるな」

「そんなものなんですかね？」

「村井さんはなんかエレベーターにワクワクしそうだもんね、見た目的に」

「ちょっと、私の事中学生とかだと思ってます？」

「いや、小学生ぐらいかな」

「もっとひどい！」

「あ、日向ちゃん、エレベーターのボタン押す？」

「あかりちゃんまで！　押しますけど！」

怒りながら勢いよくボタンを押す光景に、思わず二人で笑ってしまう。

怒りというより羞恥からか頬《ほお》をうっすら赤くし膨らませ、不機嫌を表現してくる。

しかしそれとはまた別なのか、しっかり降りる際も自分から開ボタンを押しに行っていた。

「あれ？　幼馴染さんも降りるんですか？」

「同じ階だからな……って優人な？　なんだよその幼馴染さんって」

「いや……なんか急に呼び捨てって馴れ馴れしいかなって……」

「別に気にしなくてもいいぞ、優人でいい」

「あ〜……えっと……」

「あ、優人の上の名前は蒼井だよ？」

「じゃあ、蒼井君でお願いします！」

勢いよく苗字《みようじ》を呼ばれることで、間接的に下の名前呼びを強く拒否される。

少し馴れ馴れしすぎたのだろうか。初日からこの距離感はやはりあかりのような天性のコミュ力がなければ……。

「もう！　優人も気づいてあげなきゃ！　日向ちゃんは下の名前で呼ぶのが恥ずかしいんだよ」

「え？　でもあかりのことは……」

「男の子はまた別なんですよ！」

「あーあ。優人、いくら顔が良くてもそんな気遣いも出来なきゃ誰も彼女になってなんかくれないよ？」

「余計なお世話だっての……」

俺の家より手前側にあるあかりの家の前で二人が止まる。

「ここが私の家です！」

「ふむ。ここがあのあかりさんのお宅ですか……」

どのあかりさんかは知らないが、楽しそうに二人で会話を始めたのを見て、ここで俺は離脱するのが良いと理解した。

「じゃ、あかり、また明日な。村井さんも」

「うん！　じゃあね～！」

「あ、どうもでした」

そんな声を受けつつ少し奥にある自宅に向かって歩き、ドアを開けようとする。

「あ」

「どうしたんですか？」

二人の方から、そんな会話が聞こえてくる。

別れの挨拶をした以上、ここから先を聞き続けると、あかりに盗み聞きだと言われかねない。

構わずドアを開け、中に入ろうとする。

「あ、優人！」

来ると思わなかった会話のボールを、少し驚きながら受け取る。

「なんだよ？」

「今日ママ達が居ないこと忘れちゃってて、鍵も無くて……」

「……で？」

「家、入れてくれない？」

間抜けすぎる幼馴染《おさななじみ》に思わずため息が出る。

「わかったよ……」

「あ、えっと……私帰った方が良いですかね？」

「いやいや！　寄っていきなよ！　わざわざ来てもらったし、優人の家も間取りは一緒だから、実質私の家みたいなもんだよ！」

「なんでお前が許可出すんだよ」

「えっと……いいんですかね？　初対面の私がお邪魔するなんて」

「別に全然いいよ。ここで帰すのも申し訳ないし、遠慮せずに入ってくれた方が俺はありがたいかな」

「じゃあ……お邪魔させてもらいます……」

「どうぞ」

ドアを開け、二人を中に招き入れてドアを閉じると部屋の奥から足音が聞こえてきた。

「お帰り〜。あら、あかりちゃんと……」

「あ、お邪魔します……」

「……彼女？」

「な訳ない。あかりの友達」

「ま、優人が初日に彼女を連れて来るとか、そんな心臓強いわけもないか」

母さんに失礼な納得のされ方をしたが、実際彼女が出来ていたとしても家に連れて来る度胸など無いので反論は出来ない。

リビングに移動した後、借りてきた猫状態の村井さんと俺で食卓の椅子に座り、マイペースなあかりはソファでくつろぐという温度差で風邪を引きそうな状況で母さんが飲み物を出してくれる。

「でもよかったわ、あかりちゃんの紹介とはいえ優人にも友達が出来て。ちょっと心配だったのよね～。優人ってテンション低いところあるし友達出来ないんじゃないかって」

安心したような表情でそう言った母さんは村井さんと俺にお茶を出し、あかりには別に用意していたらしいパックのオレンジジュースを渡している。

しかもあかりも「ありがと～優人ママ～」とゴロゴロしながらお礼を言っている。

……コイツ、自分の家よりくつろいでんじゃないのか？

心の中でそんな疑いを持っていると、隣に座って肩身が狭そうに背中を丸めていた村井さんが制服の袖を引っ張ってくる。

「あの、私たちって友達なんですか？」

「……わからん」

どこからが友達なのか。

それはコミュニケーション能力の高くない者にとって永遠のテーマなのだ。

このテーマの本質は「俺に友達認定されるの嫌じゃないかな」である。

どこからが友達か。どこからが朝なのか。

曖昧なものはいつも人を惑わせる。

「まず友達ってどこからが友達なんだ？」

「……学校でよく話したりする人、ですかね？」

「じゃあ俺達は友達か？」

「……じゃない？」

「そうか。母さん、実は俺達は正式には友達じゃないんだ。だから今日の俺の成果は友達無しということになる」

「あら……そうなのね……まぁ大丈夫よ！　明日もあるし！　きっと……」

「友達です！　友達！　ねっ！」

少し悲しそうな顔を見せた母さんに悪い気がしたのだろう。

身振り手振りを加えながら俺が友達じゃないと言ったことを否定する。

「友達だったのか、俺達」

「言わせたでしょ……今の」

「正直友達が欲しかった」

「ならそう言えばいいのに……卑怯《ひきょう》な人ですね」

そう言ってクスッと笑う彼女は、相変わらず猫のようだった。

◆

「やっぱりいつ来ても落ち着くなぁ〜」

ある程度の雑談を済ませた後、あかりの提案で俺の部屋に来ることになった。

定期的に俺の部屋を訪れているあかりは、以前自分で持ち込んだ人をダメにするタイプのソファに迷いなく寝転ぶ。

「ほら、日向ちゃんもおいで！　これ私のだから」

「なんで蒼井君の部屋にあかりちゃんの私物があるんですか……？」

そう言いながらも興味津々といった表情を浮かべながらあかりの横に寝転ぶ。

かなり大きめのサイズのそれは、二人が寝転んでも十分快適そうだ。

「まぁ暇な時とか結構来るからね〜。あ、そこの漫画もゲームも私のだよ」

小説や参考書とはまた別にもう一つある本棚のほとんどを埋め尽くすあかりの漫画。

そして去年買った映画鑑賞用のテレビには、買ったその日にゲーム機があかりによって接続されていた。

「仲良いんですね……もうちょっと男の子の部屋なんて意識しそうですけど……」

「あ〜、日向ちゃん入る前なんか緊張してたもんね〜」

あはは〜と笑いながら本棚から漫画を選び、手に取る。

「笑わないでくださいよ！　そりゃ弟以外の男の子の部屋なんて入るの初めてですし……」

「でも私にとって優人なんて弟みたいなもんだから、あんま変わんないかもね～」

「なんでだよ、お前より俺の方が誕生日先だろ」

「あ～はいはい、細かいなぁ～……〝おにいちゃん〟はい、これでいいでしょ？」

「別にお兄ちゃん呼びを求めてたわけじゃないから、事実だから」

「二人っていつもそんなやり取りしてるんですか……？」

今日何度目か分からない似たようなやり取りに、困惑半分呆《あき》れ半分で村井さんが聞いてくる。

「優人が突っかかってくるんだよね～」

「コイツの言動見ていれば今日一日だけでもわかるだろ？　変なんだよ、コイツ」

「確かに、あかりちゃんは変ですもんね。この場は蒼井君が正しそうです」

「え～？　日向ちゃん、優人の味方するの～？」

「だって、出会ってすぐの第一声が『かわいい！　今日ウチに遊びに来ない！』って、普通じゃないですよ。ヘンです。変」

流石は女優志望。あかりが言った場面が容易に想像できてしまうほど声のトーンや身振り手振りの動作が似ていて、思わず吹き出してしまう。

「あかりはどこでも変わらないんだな」

「え〜？　そんなに変かなぁ？」

「変だろ」

「変ですね」

そんな二人の声に、ガーンという声が聞こえてきそうな表情を見せる。

「でも、俺はそこがあかりのいいところだと思うけどな」

「ゆうとぉ……！」

落ち込んだ時に、そんなマイペース部分に救われたりすることもある。

他人と違うところは個性であり、長所なのだ。

「やっぱいいお兄ちゃんだなぁ優人は！　お礼に今から日向ちゃんとやるゲームに入れてあげる！　コントローラー取ってゲームの電源入れて！　あ、ソフトはレースのやつね！」

「俺が準備するのかよ……村井さんやった事ある？」

「あ、弟がやってるのを見たことしか……」

「じゃあプレイは初めてか……ハンドルの方がやりやすいかな？」

ゲーム機が家に来た時、スティック操作に慣れなかった俺が自分で購入したハンドルタイプのコントローラーも準備し、ゲームを起動する。

「――はい〜！　また私が一位〜！」

「お前なぁ……村井さんは初心者なんだからもっと手加減とかしろよ……」

「しょうがないなぁ……じゃあ私と日向ちゃんがチームで優人をぼこぼこにしよう！」

「それ俺が可哀《かわい》そうなやつじゃないのか？」

まぁ村井さんが楽しめるのならそれでいいかと思いつつチームを振り分ける。

「あ、優人。明日って学食で食べるの？」

「一応その予定だけど」

数千人規模の生徒を抱える一葉高校は学年ごとに分けられた食堂があり、種類も豊富、味よし、価格よしと生徒に人気の要素が詰まっており、学食が目的で一葉に進学する生徒もいるほどだ。

「日向ちゃんはお弁当らしいんだけど、一緒に学食で食べるからさ、優人も来る？」

「俺が？　いいのか？」

「だって優人はどうせ一人で悲しそうに食べるんでしょ？　そんなの、もしご飯食べてるときに視界に入ってきたら食べづらいって」

「別に悲しそうには食べねーよ……村井さんはそれでもいいの？」

「あ、私も全然構いません。三人の方が楽しいと思いますし」

村井さんは初心者特有のハンドルを傾けるのと連動して体も傾けてしまう現象を起こし

ながら答える。

　いつかソファから転げ落ちそうで心配になるほど没頭し、楽しんでいるようだ。

「まぁそういうことならご一緒させて貰《もら》おうかな……？」

「じゃあどうしようか、学食で集合する？」

「いや、それだと合流が面倒だろ。俺が二人の教室に迎えに行くよ」

「そっか、教室分かる？　二階の一番奥の教室ね？」

「りょーかい」

◆

「ふぁ〜……」

　時は飛んで翌日の一限前。

　変わらず暖かい春の陽光が窓から差し込み、登校時に覚めかけていた眠気を見事にもう一度呼び戻してくれる。

「お前、何フェチ？」

　少しずつ話し声が増えてきた教室を眺めながら、今日こそは誰かと話せるかな、と心の中の期待が少し高まる。

「お〜い？　何フェチ？」

出来たばかりの友達と話している人もいれば、入試を終えたばかりだというのに高一でやる範囲ではない参考書を開いている人もいる。

（意識たけぇなぁ……）

「お〜い？　聞こえてる？」

登校二日目にしてだが、分かったことがある。

進学科はある程度偏差値の高い、勉強ができる子しかいない。

勉強ができる奴のほとんどは努力している奴。

教室の三割は今も参考書を開く所謂《いわゆる》ガリ勉と呼ばれるような部類。

六割は自主学習をしっかりとするタイプ。俺もこれだ。

残り一割、いや一分、いや一厘は別のタイプがいる。

天才、奇人だ。

「お〜い、蒼井君？　だっけ、何フェチ？」

「……俺達初対面だよな？」

「昨日目が合ったから二対面だな」

「そのカウント方法あってんの？」

俺の前の席は相田さんであるはずだが、先程彼女が離席した隙に座り込んできた。

コイツには見覚えがある。

三十人しかいない進学科の、出席番号三十番。山田相馬《やまだそうま》。

入学初日から遅刻ギリギリの最後に入室してきた彼の事はなんとなく覚えていた。

「……で？　なんて？」

「いや、だから優人は何フェチ？」

「距離の詰め方凄《すご》くない？」

「あ、相馬でいいよ」

「……相馬さ、普通どこの中学校出身？　とか聞くものじゃないの？　初めて話す高校の友達って」

「え？　そんなの聞いて何になるんだよ？　これからの会話に使えること聞かないと」

「フェチはこれからに使えるのか……？」

今までの人生、いやこれからの人生で幼馴染《おさななじみ》のあかり以上に変というか、マイペースな奴と出会う事なんてないと思っていた。

コイツは次元が違う。

コイツのペースから逃れられない、逃さないという圧がある。奇人中の奇人だ。

「で、何フェチなんだよ？」

「……じゃあ相馬は何フェチなんだ？　俺だけ言うのも変だろ」

「それもそっか、俺はな、胸だな」

奇人も性的嗜好は一般人と同じ、いや、一般人より一般人らしいではないか？

「で、優人は？」

「そもそも、何でそこまで俺のフェチが気になるんだよ？」

「え？　なんかすっげ〜イケメンいるなと思って、イケメンがそういう話するのって面白くない？」

何とか相馬から逃れようとしてみるも、多分コイツは逃がしてくれないのだろう。

「どこまでも変な奴……太腿《ふともも》……」

「へぇ〜。そうなんだ」

少し躊躇《ため》いながらもフェチを公開した俺をあっさりとした反応で流す相馬。

そのあっさりとし過ぎた反応に、思わず羞恥が込み上げてくる。

もっとしっかりとした反応をしてくれ！　もっとリアクションを取ってくれ！

コイツほどではないにしろ、マイペースな幼馴染を持っている俺としては何を言っても無駄なことは既に理解している。ここは無視できなかった俺の負けだ。

「朝から人の席で下世話な話をするのは止めてくれない？」

離席中だった相田さんが戻ってきて、昨日聞いた透き通った声がどこか凍ったものに聞こえ、冷や汗が流れ、一気に体温が下がった気がした。

完全なイメージだが、そういった類の話が苦手そうな彼女に嫌悪感を向けられ続ける三年間を想像し、少し憂鬱な気分になる。

「あ、夢《ゆめ》さん！　ごめん、椅子借りてた！」

「……そう、別にそれは構わないけど」

特に気にせずあっけらかんとした様子で椅子から退《ど》いた相馬の様子に相田さんもこれ以上特に追及する必要性も無いと思ったのか、少し漏れ出ていた不機嫌を引っ込めて席に座る。

「じゃあ優人、またな」

「あ、あぁ、また」

ああいう変なマイペースなタイプは人の懐に入り込むのが上手《うま》いのだろうか。

さりげなくする名前呼びに加え、恐らく昨日一日でクラスメイトの名前を覚えてきたのであろう相馬の行動に、俺は素直に尊敬の念を覚えた。

そこから四限まで変なクラスメイトに絡まれる事もなく授業が終わり、俺は足早に教室を出てすぐ隣にある階段を上る。

あかりのクラスに向かうため、食堂や中庭に向かう人波に逆らって進む。

上ってすぐ左、俺のクラスの丁度真上。

既に開いていたドアから中を覗《のぞ》き込み、教壇で仲良さそうに会話している二人を見つける。

やはり進学科とは違った少し入りづらいようなキラキラした雰囲気を肌で感じ取りながら、出来るだけ変に目立たない様、二人に近づく。

「おっ！　やっと来たか優人～」

「そっちは早めに終わってた感じ？」

「うん。実習棟だったんだけど、四限の時は早めに教室に帰してくれるみたい。学食が混むからって」

「へぇ～……お疲れ様」

「蒼井君も、お疲れ様です」

「日向ちゃん、お弁当自分で作ってるんだって」

教室から学食に向かって歩き始める二人の斜め後ろを離れないように歩く。

「では！　いざ出陣！」

「どうもです」

「どうも、昨日ぶり」

「すごいな」

村井さんが持っている猫柄のランチバッグを見ながら感嘆の声を漏らす。

「いや、全然ですよ。弟の分を作るついでに作ってるだけですから、手間って程でもないですし」

「弟さんの分まで作ってるんだ」

「はい、お母さんが夜勤で忙しそうなので、弟が中学に入学してから作り始めました」

「う〜ん、日向ちゃんは将来いいお嫁さんになりそうだ。優人？　今の内がチャンスじゃない？」

「あ、イケメンは浮気しそうなのでちょっと……」

「別に嫁探ししてないから。あと、村井さんも村井さんで勝手に振るのやめてくれない？冗談だから」

「あちゃ〜。これでゼロ勝一敗かぁ」

「勝手に戦績にカウントするな」

そんな会話をしながら歩いていると、程なくして学食に到着する。

席はかなり埋まっていたが、券売機や受取口の周りはそこまで混雑していなかった。

学生証についているQRコードを券売機に読み取らせ注文するだけという手軽さが混雑の軽減につながっているのだろう。

お弁当の村井さんが「私、先に席取っておきますね！」というありがたい提案をしてくれたので、俺とあかりは二人で受取口に並ぶ。

「いやー。それにしても優人といると目立つね〜」

「まぁ、カップルと勘違いされやすいからな、俺ら」

過去にもそういう好奇の視線を感じることは多かった。

「それもそうなんだけどね〜……もう、相変わらず自分への視線に疎いなぁ……」

そう言って口の周りを手で覆って耳打ちする仕草を見せたので、俺は少し周りの目を気にしながら耳を寄せる。

「優人、芸能科でも結構有名になってるよ？　登校時に見かけたイケメンが何故《なぜ》か芸能科とかじゃなく進学科にいるって」

「……別人じゃないのか？」

「違うよ、他クラスの子に私と一緒にいた男の子の名前なんて言うのかとか聞かれたし、進学科の友達も『蒼井って人が〜』って話してたし」

どうやらあかりは俺には出来なかった進学科の友人を作るというミッションを既に達成しているらしい。

学科も違うはずなんだがな。

「俺、結構暗い感じ出てるのに、そんな目立つか？」

「目立つよ。中学まで幼い感じあったけど、最近はやっぱ似てきてるんじゃない？」

そこで周囲の目を意識しながら少し言葉を止めると、耳元で息を吸い込む音が聞こえる。

「裕也《ゆうや》さんに」

「……お前はどう思う？」

「……若い頃と見比べたら、まぁちょっと」

「ホントは？」

「大分？」

母さんが似てきていると言ったのは親目線のせいではなかったようだ。

あかりはある程度の事情を知っている。

母さんが口を滑らせたのが始まりだったのだが、それを知ったのが中学生の頃と言うのもあって理解し、秘密として守ってくれている。

普段は気を遣ってなのかあまり冗談でも言わないその言葉は、俺の妄想に現実味を持たせた。

〝もしかしたら北城《ほくじょう》裕也の息子だとバレるかもしれない〟

顔が似ているというだけでそんな思考になる人は少ないだろう。

しかし、もし疑問を持たれでもしたら？

どんな大きな火も、最初は一つの小さな火種なのだ。

そう考えると、少し恐ろしくなった。

「まぁ、今は私の彼氏なのかどうなのか～とかしか思われてないと思うけど？　一人でいると多分めっちゃ目立つよ、優人」

「……わかった。一応肝に銘じておく」

「……うん、ならよし！」

そう言うといつも通りの表情に戻る。

悪目立ちはしないようにしないとな……。

どんどん進んで行く列を眺めながら、心の奥でそう誓った。

# 2章　お隣フラグは立てまくれ

一葉高校に入学して二週間ほど経《た》ち、新しい制服に身を包まれる感覚にも慣れてきた朝。

俺は相変わらず消えない朝の眠気と戦いながら朝食をとっていた。

「あ、そうそう。お隣さん、もう海外に引っ越すらしいわよ」

「へぇ〜……まぁ最近あまり帰ってきてなかったしな」

何年も前からいるお隣さんは一人暮らしで、仕事の都合上海外に行ったりが多いらしく、家を空けている事が多かった。

帰って来た時は同じ階に住むちびっこである俺とあかりに、日本では珍しいお菓子やおもちゃを買ってきてくれたりしていて、かなり懐いていたのだが……。

少し寂しさを感じつつ、いつまでもあまり住まない家を抱えておくのも大変か。と小学校の時ではしなかったであろう納得の仕方をする。

小さかった頃なら泣いていたかもな。

「じゃあ、しばらく空き家ってこと？」

「ううん、親戚の子が一人暮らししてみたいからって譲るらしいわ。もう今週中にはその子が来るんじゃないかしら？」

「へぇ〜……いい人だといいね」

「そうねぇ」

「ごちそうさま」

そのまま準備を済ませ、エレベーターの前であかりと出会い、登校する。

前より意識するようになった視線に気を付けながらいつもの様な一日を終えた。

あかりには放課後予定があるらしく、俺一人で下校する。

何回も通っている道だと、なんとなく家に着くのが早い気がする。

通学路だとそれが顕著だ。

脳が通学路の景色に慣れ、必要な情報以外を処理していないため早く感じる……らしい。

そんな雑学にも満たない情報を脳内で思い返しているうちに家に着く。

いつも通りのマンション内、そこでいつもとは違う景色を見た。

今朝母さんと話していた件が影響しているのだろう。お隣の表札が変わっていた。

「水瀬《みなせ》……？」

どこかで見たことがある字に、スッとでてきた言葉。

入学式で挨拶していた水瀬さん。脳内に彼女の姿が浮かんできたものの、疑問は残る。

「普通高校生で一人暮らしなんてするか……？」

小説だと高校生で一人暮らしなんてよく見る設定だが、実際そういう人は多いのかと言われるとそうでもないだろう。

そもそも、高校生が一人暮らしで得られるメリットなど一人の時間が増えるだけだ。

掃除、洗濯、料理などの家事を全て一人でしなければいけない生活を高校生がするだろうか？

……うん。

あまり見ない苗字《みようじ》だが、無関係だろう。

一人暮らしをしてみたいと言っていたし、若くても大学生ぐらいの人が越してくるのだろう。

せっかく安らげる家なのに、隣人が芸能科で、しかも現役高校生女優だなんて日常は求めていない。濃すぎる。

そう結論付けた俺はいつもの様にドアを引いた。

◆

「おじゃましま〜す」

日曜の昼下がり。

母さんも買い物で居ないという絶好の趣味時間で、あかりが置いていった人をダメにするタイプのソファで読書をするという最高に静かな休日を過ごしているというのに、玄関から静かな休日とは程遠い人物の声が聞こえてきた。

何故か鍵を閉めたはずのドアが開いているし、そもそもアポなんて無いし。

何とか隠れれば諦めて帰るだろうか。

そんな事を考えているうちに自室のドアが開き、部屋の中を満たしていた快適な空気が逃げていく。

「あれ〜？　優人《ゆうと》いるじゃん、何で返事してくれなかったの？」

「……まず質問がある。なんで入ってこれた？　鍵はかけていたはずだ」

「さっき外で優人ママに会って、後で行きますって言ったら鍵くれた」

そう言って見せてきた手元には確かに母さんのバカでかいクマのストラップが付いたキーケースがぶら下がっていた。

「悪いが俺は読書をしているんだ。邪魔するなら帰ってくれ」

「しないしない、静かにゲームするよ」

そう言うと鍵をベッドに放り投げ、コントローラーを手に取る。

居座る気満々な幼馴染《おさななじみ》に何を言っても無駄だと理解した俺は、諦めてリビングに移動しようとする。

「あー退かなくてもいいよ、ちょっと足開いて？」

「……こうか？」

心地よく伸ばしていた足を言われたとおりに開くと、その間にあかりが入ってきて俺の体を背もたれ代わりに使い始める。

「……なんだこれ」

「ん？　ゲーム体勢」

「……別に俺退くぞ？」

「いやいや、ガチでゲームしたい時はちょっと前のめりになりたいんだよ。その点このソファは沈み込みすぎるからさ、ちょうどいいんだよこれが」

そう言って困った表情を浮かべて不満を訴えている俺の方を一瞥《いちべつ》もせずにオンライン対戦のマッチングを始めている。

「俺が本読みにくいんだが？」

「頭使っていいよ～、ちょうどいいとこにあるでしょ」

体勢的に低い位置のあかりの頭は確かにいい感じの位置にある。

「よかったね～、現役女子高生の頭を本置きに使えるなんて贅沢《ぜいたく》だよ？」

「そんな変態の贅沢を俺の贅沢とイコールにしないでくれ……」

諦めて本を床に置き、暇つぶしのつもりであかりのプレイ画面を見るとはなしに見ていると、どれぐらい経っただろうか。しばらくした後チャイムが鳴った。

「あかり、どいてくれ。母さんが帰って来たかも」

「え～っ！　ちょっとまって！　あと一分……いや二分！」

「そんなに待てるか！」

そう言って無理やり立ち上がると「ぎゃー！」という声と共にあかりの姿勢が一気に崩れる。

自室を出ると、先程のチャイムはオートロックのチャイムではなく玄関のチャイムだったことに気が付く。

玄関に赴き、ドアを開ける。

「あ、初めまして。本日隣に越してきました水瀬と申します」

……俺の嫌な予感は当たっていた。

入学式で前に立って挨拶していた、水瀬凪咲《なぎさ》。

広いイベントホールで見た時とは違う近距離で話す彼女は、やはり現役女優と言ったところだろうか、高校一年生というには少し大人びているように感じた。

「ご迷惑をおかけすることもあるかもしれませんが……」

幸いなことに芸能科である彼女の記憶には、進学科の俺の顔はないらしい。

このままやり過ごし、少しでも平穏な休日を守ろう。

面倒なことはこの先の平日の俺に任せよう。

「あ、こちらこそよろしくお願いします」

当たり障りのない返しで、話を切り上げようとする。

「も〜……優人のせいでレート溶かしたじゃ〜ん……って、およ？　凪咲ちゃんじゃん」

「……堀田《ほった》さん？　何でここに……」

ドアの横にある表札とあかりの顔を見比べながら驚いた表情を浮かべる。

「ん〜？　遊びに来てただけだよ？　ここ優人の家だから。この優人。進学科の一年」

あかりは俺の背後に立って俺の頭に人差し指を突き刺しながら俺が隠したかった情報を全て喋《しゃべ》ってくれる。

「ってことは私を知ってるって事……？」

最初から最後まで余計なことをしてくれる幼馴染を恨みながら、消え入るような声で答えるしかなかった。

「……はい」

俺の力ない返答の後数秒の沈黙が訪れ、小さくため息をついた水瀬さんは何故《なぜ》かそのまま部屋に上がり込んで来て、遠慮もなく人のベッドに腰かけて話し始めた。

「何で知らないふりなんてしてたのよ？」

「知らないふりというか……別に言う必要も無いかなって……」

「あ〜あ。同じ学校の同じ学年だったら別に緊張して猫かぶらなくても良かったじゃない」

そう言って大きくため息をつく彼女からは、入学式の時や、先程玄関前で感じたような礼儀正しさを感じなかった。

これが猫を被っていない本当の彼女と言う事なのだろうか。

「で、堀田さんはなんでここに居るの？　彼氏？　爛《ただ》れた関係？」

「コイツはただの幼馴染で……」

「高校生にもなって普通幼馴染の男の子の部屋に来る？」

「……そういう奴《やつ》なんですよ。コイツは」

水瀬さんの真っ当な疑問に、あかりの性格だという以外の回答が返せない。

物語の幼馴染でも、もう少し互いを意識してそうだが、当の本人であるあかりは男女の壁を感じさせないほどダラダラとソファで漫画を読んでいる。

「式の後から休み時間の度に話しかけてきて、冷たく対応してもストーカーみたいにずっとついて来るから変な子だとは思っていたけど……」

先程の玄関先での会話から知り合いであることは分かっていたが、どうやらまともな友人関係ではないらしい。

水瀬さんもここ二週間で大分苦労したらしく、遠い目をしている彼女に俺は少し親近感が湧いた。

「しかもこれが同じ階に居るから、結構頻繁に来るし……部屋に私物を運びまくるし……」

「それは……ドンマイ」

変な幼馴染に入り浸られている俺に同情の目を向けながらそう言った水瀬さんの言葉を最後に、部屋には静寂が流れた。

唯一の助け船になりそうな幼馴染は、普段の賑《にぎ》やかさをこういう時に発揮してほしいものだが、その口からは読んでいる漫画に対する笑いしか出てこない。

気にしても仕方がないあかりはともかく、今日初めて話した水瀬さんが自室にいるのは落ち着かないし気が休まらない。

そろそろ帰ってもらいたい旨を切り出そうか迷っていると、静かな空間に水瀬さんの乾いたため息が流れた。

「ついてないわ～……せっかくの一人暮らしなのに、同じマンション、同じ階に同じ高校の同学年が二人もいるなんて……」

「え？　そうかなぁ？　めっちゃラッキーじゃん、楽しそうで」

いつの間にか漫画を読み終えていたらしいあかりがソファから身を乗り出し、会話に入ってくる。

「……私は堀田さんとは違って静かな方が好きなの。そっちの男は良いとして、堀田さんがいると賑やかになっちゃうでしょ？」

「あ～……確かにそうかも、ごめんね？　うるさくて」

「いや、別にうるさいなんて……」

珍しく謝罪の言葉と共に、いつも明るい表情に暗い影を落としたあかりに、自分が言った少し嫌みな言葉に申し訳なさを感じたのか、水瀬さんはすこし焦ったように先程の言葉を否定する。

「でも私、すっごく嬉《うれ》しいよ？　水瀬さんがこのマンションの、同じ階に来てくれて」

先程までの暗めの表情は何処《どこ》へやら、パッと切り替わった明るい表情と、あかりが発した真っすぐな言葉は水瀬さんにとっても温かかったのだろう。

「だから、何か困ったことがあったらいつでも頼ってね？」

「……わかったわよ」

ツンとした言葉遣いではあるが、見るからに表情からトゲが抜けている。

俺の幼馴染に何故友達が多いのか。

相手に心を開かせる前に、まず自分から心を開くのだ。

まぁ、本人は考えたりせずに素でやっているのだろうが……。

その表裏のない性格もまた好感を持たれる理由の一つなのだろう。

急激に距離が詰まり、隣が空いたソファに水瀬さんを座らせて、長時間居座りそうな雰囲気を醸し出す二人を家主の俺が蚊帳の外で眺めていると、オートロックのチャイムの音が聞こえた。

モニターを見てみると今度こそ母さんが帰ってきた事が確認できる。

オートロックのドアの前まで迎えに行き、母さんの両手から袋を奪いながらエレベーターの中に向かう。

「あ、そういえばお隣さんが家に来てる。一葉の芸能科一年で、あかりと仲良くなった」

「へぇ～。女の子？」

「あぁ」

「楽しみ～！　きっとかわいい子ね」

「まぁ可愛くはあるけど……」

テレビや入学式で見たような性格の可愛さは無いかも。という言葉を飲み込んで、ルンルン気分で廊下を歩く母さんの背中を追いながら家に戻る。

「あれ？　水瀬ちゃんじゃない！　ドラマとかによく出てる」

「あ、どうも……隣に越してきました水瀬です。息子さんとは同じ学校で……すみません。いきなりお邪魔してしまって」

「全然いいのよ～。それよりちょっと握手してもらってもいい？　ファンなのよ～」

水瀬さんが母さんの圧に気圧《けお》されながら握手をした後、母さんは「ご飯作るから、是非二人とも食べて行ってね～？」と言って部屋を出て行った。

「母さんの前ではちゃんとするんだな」

母さんと話している時の彼女は学校で見たような完成された水瀬凪咲だった。

「年上だし家主だし、あんたとは違うの。それに、あんたにはそういうの必要なさそうだし」

「ふ〜ん……」

実際俺は堅苦しい対応をされるよりは今の水瀬さんのような口調の方が好ましい。

しっかりと相手によって適切な態度を取れるのも、また彼女が大人びて見える理由だろう。まぁ、普段からあかりのような人を見ていると大抵の人は大人っぽく見えてしまうと言うのもあるのかもしれないが。

「もし、ご飯食べて行くのが嫌だったら俺から母さんに言っておくけど。水瀬さんからは言い辛《づら》いだろうし」

「ううん、今晩の食事は決まってなかったし、いただけるのならありがたいわ。それと、優人……だっけ？　呼び捨てでいい？　親御さんの前であんた、とか呼んでたら印象悪いだろうし」

「別に気にしないだろ……いいけど。それで」

「りょーかい」

そう言うと、水瀬さんの隣で話を聞いていたあかりが割り込んできた。

「え！　じゃあ私の事もあかりって呼んで！　優人だけずるいし！」

何か言いたいことがあったのだろうか、数秒悩むような時間を置いた後、恥ずかしそうな顔をしながらボソッと呟《つぶや》いた。

「……あかり」

「うん！　凪咲！」

またもや、俺は蚊帳の外だった……。

# 3章　芸能科の試験

翌日の始業前。

すこし雲がかかった空を眺めながら昨日の出来事を思い返す。

水瀬《みなせ》凪咲《なぎさ》が家に来てご飯を食べていった。

ファンとは少し違う距離感で接してくる母さんに戸惑いはしていたものの、帰り際に「困ったらいつでもウチに来ていいからね！」と言われた時には少し嬉しそうな表情を見せていた。

「なぁおい優人《ゆうと》、テスト対策できてる？」

何処からともなくやって来た相馬《そうま》に声を掛けられ、どんより模様の空から目を離す。

「あのな、相馬。俺はこの世界には二種類の人間が居ると思ってる」

「ほう？　その二種類とは？」

「常日頃から努力をしていて、テストに向けて急に何かをする必要がない人間と、何もしていなくて急なテスト対策をしないといけない人間だ。因《ちな》みに俺は前者」

「お前そっち側かよ〜」

この二週間で急激に仲良くなった山田《やまだ》相馬がいつも通り話しかけてくる。

落ち込んだように机に倒れこんだ様子を見るに、相馬は後者の人間らしい。

「まぁ筆記試験なだけマシだな。聞いたことあるか？　芸能科の試験」

「何かあるのか？　芸能科」

そう聞くと、試験の光景を想像したらしい相馬が苦虫を嚙《か》み潰したような顔になった。

「演技するらしいぞ、イベントホールで」

「人に見られながらって事か？」

「そういう事。まぁ毎年一年生にこの試験はあって、一般の生徒も見られるっちゃ見られるんだけど、普通なら出演者の友達とか親とかしか見に来なくて、席が一割埋まるかどうからしいんだけどさ」

「まぁ、わざわざ知らない生徒の演技を見に行く人は少ないよな」

「そうなんだけどな、今年はいるじゃん？　水瀬さんが。普通科の友達に聞いても見に行く人が多いっぽいな〜」

「へぇ〜……やっぱり人気なんだな、あの人」

今までは意識の外にあったからかそこまで目に入ることは無かったが、同じ学校だと知り、一度意識してしまえば彼女の姿は頻繁に目に入ってくる。

テレビCM、ドラマ、バラエティー等々。

そんな彼女の演技を生で見られるのなら、人が集まるのも不思議ではない様に思える。

「俺は別に目立ってもいいけどな、優人は嫌だろ？　みんなの前に立つの」

「……嫌だな」

「よかったな、芸能科じゃなくて」

「何があっても芸能科なんて行ってないけどな……」

担任の教師が教室に入って来た音に反応して相馬は慌てて自分の席に戻る。

いつもとあまり変わらない今日の予定を話す教師の言葉を聞くとはなしに聞いているとぱらぱらと雨が降り始めた。

午後の昼休み。

朝には小降りだった雨も、本格的に雨脚が強くなっていた。

中庭で昼食をとっている生徒は困るだろうが、相変わらず食堂で昼食をとっている俺達三人には関係ない。

「どうする？　週末また優人の家でゲームする？」

「いいですね！　最近は弟ともやってるので負けませんよ！」

家主の俺が許可を出さずとも勝手に予定が決まってしまっている。

「一応俺テスト近いんだけどな」

「え〜？　じゃあダメ？」

「……まぁいいけど。芸能科だって、演技の試験があるって聞いたぞ」

「聞いたって、誰に？」

「友達」

「優人……友達居たんだ……」

あまりにも失礼過ぎる幼馴染《おさななじみ》に冷たい目を向けながら食事を口に運ぶ。

俺にだって村井《むらい》さん以外にも友達はいる。……相馬ぐらいだが。

「演技って言っても舞台の上でやる軽い劇みたいなものらしいですよ？　私は演技ですけど、あかりちゃんは演技じゃなくて歌ですよね？」

「そうだね、私は演技の授業二年からだからなぁ〜……。いいなぁ〜私もみんなの前でなんかしたい！　目立ちたいよ！」

ワザとらしく泣く仕草をしながら村井さんの太腿《ふともも》に倒れこむ。

その程度のあかりがしてくるスキンシップには慣れているのか、村井さんは気にした様子もなくお腹《なか》のあたりにあるあかりの頭をゆっくりと撫《な》でている。

食後のあかりは「あ……寝れそう……」と幸せそうな声を出している。

「でも水瀬さんが居るから見に来る人が多いみたいな話を聞いたけどな」

「あ〜……多いでしょうね〜……でも、この先本格的に演技で生きていくなら大人数に見られるなんて当たり前にあるでしょうし、私達の世代は貴重な経験が出来てラッキーだと思いますよ？　私は」

「へぇ……すごいな」

ポジティブ、というより将来を見据えた正確な意見に思わず感心してしまう。

「でも問題はそこじゃないですよ。水瀬さんと誰が組むのかって話ですよ」

あかりを撫でる手は止めずに少し真剣な表情になりながら話す。

「芸能科の中にも幼い頃から演技をしてきている人は結構たくさんいます。子役として活動していた人もいます。でも、やっぱり子役の頃からずっと人気で今もテレビに出まくっている人とはかなりの差があるんですよ」

「まぁ、学校よりテレビで見る回数の方が多いぐらいだからな」

芸能科の人は高二や高三で芸能界に進出し、それなりの量の仕事をすることも珍しくはないらしい。

その結果仕事の都合上で学校に来られない人でも卒業できるように芸能科ではいろいろな措置が取られている。

水瀬さんもその措置を利用しているので、学校にはあまり来ていないらしい。

「その演技力の差が、見ている人、特に、芸能界の関係者だっていう試験官の目にどういった風に映るかって話ですよね」

「どんな人でも劣って見えて印象が悪くなるって話か」

「はい。しかもそこで仕事を振られる場合も過去にはあったらしいですからね。尚更《なおさら》悪いようには目立ちたくないですよ」

「なるほどなぁ……」

「多分、組んでくれる人探すのに苦労しますよ、水瀬さん。私も、もしも組むなら結構怖いですし」

昼食を終えた生徒達が教室に戻っていき、だんだんと人が減って来た食堂内をなんとなく眺める。

今の言葉を聞いた俺の頭の中には、彼女の困った顔が少し頭に浮かんできた。

「ん〜！　今日も疲れた！」

「全然疲れてなさそうだけどな」

「いやいや、疲れたよ！　今もこの体は休息を求めているんだよ！」

「なんだその言い方」

下校の途中、いつも通り変な事を言い出す幼馴染を軽くあしらう。

「でも疲れてるのはほんとなんだよ？　ダンスって結構体力使うし、喉壊しちゃったら歌のレッスン受けられないから気を遣わないといけないし」

「確かに、ちょっとでも体調悪かったらキツそうだよな、そっち」

「まぁ強制的に休まされるだろうね、そこのところ先生たちも気にしてるっぽいから」

あかりがそう言ったタイミングでポケットに入っているスマホが震える。

「あ〜……あかり、一人で帰れるか？」

時刻は午後六時過ぎ。

空はだんだん暗くなっている。

「ん？　まぁ家まであと少しだから帰れるけど……なんかあった？」

「母さんが醤油《しょうゆ》買ってきてだってよ」

「一緒に行こっか？」

「いや、走ってスーパーまで行くから先に帰っててくれて大丈夫だ」

「りょーかい。じゃあね～」

そう言って手を振るあかりに手を振り返し、スーパーに向かう。

いつも自宅で使っている醤油を購入し、スーパーを出ると、既に外は暗くなっていた。

来た道を引き返し、通学路に合流すると見覚えのある後ろ姿を見つける。

声を掛けないでやり過ごそうと思ったが、帰り道が同じな事と、明らかに後ろから付いてくる俺の事を不審者だと思って警戒し始めたので、少し迷ったが警察に通報される前に声を掛けておくことにした。

「え～っと、どうも」

「……っ！　……なんだ優人か……」

ビクッと体を跳ねさせた後、戦闘態勢と言ったようにバッグを構えながら勢いよくこちらを振り向いた彼女の顔を見るにやはり恐怖を感じていたようで、少し申し訳なくなってしまう。

「ごめん、もうちょっと早く声かければよかったな」

「どうせ優人のことだからバレずにやり過ごそうとでも思ったんでしょ？」

「……よくわかったな」

「昨日も同じようなことしてた」

小さなため息をついた後、前を向き直り再び同じ帰り道を辿《たど》り始める。

仕事の衣装だろうか、昨日よりも大人びた雰囲気を纏《まと》う彼女に、本当に現役の女優なんだな、なんていうあまりにも薄い感想を抱いてしまう。

「今日は仕事？」

「今日〝も〟ね」

「売れっ子は大変だなぁ」

「超大変よ」

いちいち俺の表現を修正してくる彼女がなんだかおかしくて思わず笑ってしまう。

「水瀬さん、明日は学校行くの？」

「一応ね」

「俺、あかりと登校してるけど水瀬さんも来る？」

「私と登校なんて、優人、変なやっかみ食らうかもよ？」

「やっかみを食らわせるほど俺を意識してくれる人は居ないから大丈夫」

「影が薄くて友達が居ないって事ね」

「そこまでは言ってないけどな」

「違うの？」

「違わないけど」

小さい頃から芸能界に居た影響で、他人とコミュニケーションを取る力が優れているのだろうか。

芸能人と聞いて思い浮かぶキラキラしたイメージとは違って、話しやすい彼女とのやり取りに心地よさすら感じる。

「まぁあかりが良いなら一緒に登校したいけどね」

「あかりは拒否なんてしないだろ」

「というか、私は優人って呼んでるのに、なんであんたは水瀬さんな訳？」

「……なんとなく？」

「何それ、凪咲でいいわよ。私だけ優人って呼んでると、私が距離感測れてない勘違い女みたいじゃない」

「そんなこと思う奴《やつ》いる？」

「いるかもしれないでしょ」

　本人の希望通り下の名前で呼ぼうと思ったが、気恥ずかしくて少し口に出すことをためらってしまう。

　そんな俺を不審に思ったのか、視界の左下の方から凪咲が顔を覗《のぞ》き込んでくる。

「どうしたのよ？」

「いや……なんというか、あかり以外の女子を下の名前で呼んだことないから、なんか恥ずかしくて……」

「……はぁ？　あんた、あかり以外に女の子の友達居なかったの？」

「……そうだけど」

　痒《かゆ》くもない頰《ほお》を指先でかきながらそう言うと、凪咲は呆《あき》れたように大きなため息をついた。

「優人、もしかして恋人も居たことないの？」

「……悪いか？」

「そのビジュアルで恋人居たことないって……どんだけ口下手なのよ」

「……別に欲しいと思ったことないからいいんだよ」

　ろくに女性経験もない事が露呈して、すこし頰が熱くなるのを感じたが、凪咲はだんだん面白くなってきたようで、街灯に照らされた顔がだんだんからかう様な笑みへと変わっていった。

「へぇ？　高校生モデルの男子とか、女の子とっかえひっかえしてるけど？　本当に興味なんてないのかなぁ？」

「……凪咲は居た事あるのかよ、彼氏」

そう返すと、先程まで止まる気配の無かったニヤついた笑みがピタッと止まった。

「……よし！　この話は終わりにしましょうか！」

「何なんだよお前マジで……」

くだらない話をしているうちにマンションに到着し、自然に会話が終わりに向かって途切れる。

「そういえば、なんかテストあるんだってな、芸能科」

閉じたエレベーターが上昇する音だけが響くエレベーター内でなんとなくそんな話を切り出した。

「あるらしいわね」

「らしいって……出るんだろ？　それ」

「休んでも一応良いんだけどね。優人が気にしてるぐらいだから、結構噂になってるんでしょ？　その話。じゃあ出ないってわけにはいかないかもね～……」

どこか他人事のように話す彼女の表情は少し暗い気がした。

「ま、そもそも組む人いないから出られるかも分かんないんだけどね」

エレベーターが目的の階に到着した合図の電子音と同時に明るい表情へと切り替えた彼女は、エレベーターから降りながら冗談っぽくそう言って笑う。

「じゃ、また明日の朝。あ！　ちゃんとあかりに話通しておいてよね！　これで朝になって困った顔されたら恥ずかしいから！」

「わかってるよ。じゃあな」

「うん、バイバイ」

そう言ってドアの向こうに消えた彼女が浮かべていた何も考えていなそうで、何か考えていそうな、何ともいえない表情は何故《なぜ》か俺の頭から離れなかった。


翌朝、マンションの入り口で待っていると、凪咲を連れてあかりがやってくる。

「いや〜、凪咲と登校できるなんて嬉《うれ》しいよ！　最近学校来てなかったから、もうこのまずっと一緒に行けないかと思ってたんだよ？」

「はいはい、私も嬉しい」

そうやって軽くあしらいつつも、表情から滲み出ている喜びの色は、昨晩の少し暗い表情とは打って変わって年相応の高校一年生のものだ。

「そういえば、久しぶりに凪咲の制服姿見たな」

入学式を除けば、隣人としての挨拶の時も、昨夜も私服だった。

「そうだったっけ？　どう？　久しぶりに見られて嬉しい？」

「別に嬉しいとかは無いけど……」

「まぁ、私何でも着こなすからね〜、この制服着て歩いてるだけで学校の宣伝になるぐらいだもん」

ただ久しぶりに見たという事実を告げただけなのだが、褒められたという前提でドヤ顔をかましてくる凪咲はやはり自信家の様だ。

そんなドヤ顔の横には温度感の違う、俺達を訝《いぶか》しむような表情を向ける幼馴染《おさななじみ》がいた。

「優人ってさ、水瀬さんって呼んでなかったっけ？」

「……だからなんだよ」

特に悪い事をしているわけでも無いのに、何故か心臓の鼓動が少し速くなる。

「いや別に？　優人が私以外の女の子の事を下の名前で呼んでるの珍しいなぁって思って。いつの間にそんなに仲良くなってたの？」

本人には特に問い詰めたりするような意図は無かったらしく、ただ単に頭に思い浮かんだ疑問を口にしただけ、という素振りだった。

「まぁいろいろあったんだよ……。というか、芸能科のテストっていつなんだ？」

多少、というか大分強引な話題の逸《そ》らし方だったが、ありがたいことに鈍感な幼馴染は特に気に留めた様子もなく頭の中の日程表を思い返しているようだった。

「歌の方は再来週かな？　演技の方はもうちょっと後だったよね？　凪咲？」

「そうね、七月の最初の方にあるわ」

「優人はいつなの？　テスト」

「俺は来週」

「え？　それ大丈夫なの？　全然焦ってる気配無さそうだけど？」

「優人はいっつもこんな感じだよ？　中学の時も私は泣きながら課題やってるのに全然優人はペン動かしてなかったし」

「お前が全部教えなきゃ解けないレベルだったからなんも出来なかっただけだよ……」

……まぁ、今回はあかりの事を気にせず集中できそうで助かるが。

◆

「いや〜！　疲れたなぁ！」

口ではそう言いつつも、口角を上げて全く疲れた素振りを見せていないクラスメイト、山田相馬と先程まで勉強会、いや、俺が一方的に教えることを強要される会が学校の図書館にある個室で行われていた。

今回の試験こそは自分の勉強のみに集中できると思いながら登校した二秒後に相馬から「勉強教えてください」と懇願された。

数時間を図書館で過ごし、時刻は既に午後八時を過ぎていた。

電車通学の相馬とは学校を出てすぐに別れ、俺はいつもの帰路に就く。

数分歩いているうちに、昨日と似たような光景が目の前に飛び込んできた。

「またかよ……」

「何？　あんた本当はストーカーなんじゃないでしょうね？」

「違う、友達との勉強会の帰り」

「ほんとかしら」

少し前方に居た凪咲が、歩幅を調整して隣に並ぶ。

「こんな時間に女子高生が一人で夜道を歩くなんて危ないんじゃないか？」

「大丈夫ね、私ただの女子高生じゃないもん」

「女優なら尚更《なおさら》だ」

「まぁ、最近怪しい奴いるけどね、一人で夜道歩いてたら後ろからついてくる奴」

「……俺だろ」

「よく分かったわね、客観視できてるようでなにより」

「凪咲はそういうこと言いそうな性格だろ」

分かったような口ぶりが癇《かん》に障ったのか、不満そうな気持ちを目で訴えてくる。

そして俺はそれに気が付かないふりをして話題を変える。

「で、何で今日は遅くなったんだ？」

「学校よ。休んでた時の事とか七月のテストの事とか、色々説明を受けてたの。思ってたより長かったけどね」

「そっか……学校、楽しいか？」

そう言うと不満な表情から平常時の感情に切り替わっていた表情が一気に無表情になる。

女優とはこういうものなのだろうか、表情がコロコロと変わって、どれが本当の表情なのかよく分からない。

「何でそんな事聞くの？」

一瞬見えかけたよく分からない表情も、即席で作られたような女優の笑みに隠される。

「凪咲が楽しくなさそうで、なおかつ不満がありそうに見えたから」

「……私そんなに顔に出てた？」

「いや、出てなかったな」

何千回と見た血のつながった父の演技、そして父と共演していた色々な俳優やアイドルの演技。

目の動かし方、頬の緩め方、体の使い方、注視してきたそれらが、相手が何を考えているかを導き出す材料になっていた。

「……ホント変なヤツ」

そう呟いた彼女は女優としてではなく女子高生として笑っているように見えた。

どちらが提案するでもなく、自然とマンション近くの公園に入っていた。

ベンチに腰かけた彼女は視線で隣に座るように促し、俺は少し距離を空けて座る。

「私ね、学校辞めてもいいかなって思ってるの」

「まぁ、あんまり来てないみたいだしな」

「うん。同世代の同業者はみんな通信制で学びながら頑張ってるみたい」

「でも、凪咲はそうしなかったって事はここに来た理由があるんだろ？」

「まだ何も言ってないじゃない……まぁそうだけどさ！」

凪咲は会話の先読みをされたのが気に障ったのか、少し不満げな声を出しながら、軽く握った左手の拳で俺の右足を軽く叩《たた》いた。

「私ね？　憧れてる人が居て、その人に言われたの。一葉に行ったら同い年のものすごい才能を持った子に出会えるって。正直、同い年……いやもっと上の年齢とかまで範囲を広げても私に演技において勝てる人なんていないと思ってた。いや、思ってる」

発言だけ聞けば物凄《ものすご》い自信家に思われるかもしれないが、現在でも芸能界でトップを走っている現状と、その後ろについてくる実績を見れば決して口だけではないことは明らかだ。

「それで気になって……いや、私その子に嫉妬してたんだと思う。私が一生かけても超えられないと思ってるその人に、そこまで言ってもらえるなんてどんだけ羨ましい奴《やつ》なんだって」

「で、見つかったのか？」

「……まだだけど、なんとなく多分居ないんだと思う。数回しか授業に出てないけど、事務所とかで活動している子の演技は全部見たつもりだし。でも誰もそんなにビビッと来なかった」

「だから学校にいる意味がないって事か」

「そういう事」

聞いておいてなんだと言われるかもしれないが、俺がそれを聞いたところで特に何をすることもできない。

全てが楽しくなかったわけではないだろう。

実際、あかりと居るところを見ると心から楽しんでいるように見えた。

凪咲にとっても学校は芸能界と日常の線引きをできるいい場所なんじゃないか。

そう思っても口に出して引き留める事は出来ない。権利もない。

仕事に追われながらオフの日には学校に行くというのがどれだけ大変なのかは想像に難くない。

そんな凪咲の考えに、俺が軽い気持ちで口を出してはいけないと思った。

暫《しばら》く続いた静寂は凪咲の「そろそろ帰りましょうか」という言葉により破られた。

なんとなく彼女の表情は何かを決意したもののように見えたが、やはりそれについて俺は何も言わない。

ベンチから立ち上がって歩き始めた時、俺はなんとなく聞いてみた。

「そういえば、憧れの人って誰なんだ?」

「え？　多分優人も知ってる人よ」

俺の少し前を歩いていた凪咲が、マンションのオートロックを開けながら振り返る。

「北城《ほくじょう》裕也《ゆうや》。さすがに知ってるでしょ？」

「……さすがにな？」

そう言ったつもりだったが、しっかりと言葉にできたのか分からない。

友人の憧れの人として自分と血のつながった父の名前が出てくるとは思ってもみなかった。

「お～い？　優人？」

いつの間にか足を止めていた俺を凪咲が不審に思ったのか、振り返って名前を呼ぶ。

かつてないほどに動揺しながらエレベーターへ乗り込み、どこか上の空な状態でいくつか言葉を返して廊下を歩く。

そのまま凪咲と別れ、家のリビングのソファに深く座り込んだ後も鼓動は少し速いテンポを維持していた。

「おかえり～」

「……ただいま」

丁度お風呂から上がって来た母さんは俺に顔を見せるためだけに出てきたらしく、まだ髪は濡《ぬ》れたままだった。

俺の帰宅を確認すると、またすぐに洗面所へと戻っていく。

相馬と勉強会をすることになった時に遅くなる可能性があることはメッセージアプリで伝えていたので、その時に返ってきたメッセージの手順通りに食卓に置いてあった料理を温める。

料理を温め終え、テーブルの上で手を合わせた時、母さんが洗面所から出てきてリビングのソファに腰かけた。

食べ進める手もそこそこに、母さんに質問してみることにした。

「母さん、俺が一葉に入った事って父さん知ってるの？」

「知ってるわよ？　優人の事で結構頻繁に連絡とってるし」

初耳だ。

よくよく考えれば北城裕也は俺達に金銭面で支援してくれているのだから、母さんと連絡をとっていてもおかしくない。その流れで俺の話をすることだって……。

バラエティーや密着番組でカメラを通して見る父さんはとても優しそうだった。

いつかの番組で子供が好きだと言っていたことも記憶に残っている。

色々なことが頭に浮かんできて纏《まと》まらない。

もし、俺の想像が正しいとするならば、北城裕也が凪咲に話した、ものすごい才能を持った子というのは……。

「何？　急に。あ、別に私から伝えてるんじゃないからね？　お父さんがどうしても気になるって言うから教えてるだけだからね？」

俺が普段気にしている血縁関係が世間に露呈する可能性について危惧していると勘違いしたのか、母さんが念のためとでも言うように弁明してくる。

「別に気にしてないよ……父さんからしたら経済的援助をしてる相手だし、気にするのは当然でしょ」

「なら良かった……あ、でも最近優人の写真送れてないから悲しんでたなぁ……」

「……そんなの送ってたの？」

「どうしても欲しいっていうからねぇ～……やっぱり一人息子が可愛《かわい》いんじゃない？　子供好きだし。あの人。というわけで……」

そう言って母さんがスマホのカメラをこちらに向けてくる。

写真を撮られるのはどちらかと言うと好きではないので、普段なら抵抗するところなのだが、色々と急に入り込んでくる情報に思考が停止して、うまく体が動かなかった。

今まで父が煩わしいとまでは言わなくとも、俺と母さんに関わっているのはただの責任感でしかないと思っていた。

だからこそ母さんには気を遣ってあまり話題に出さない様にしていたし、深く追求するようなことも絶対にしなかった。

家族は俺と母さんの二人だけだと思っていた。

俺はどうやら勘違いをしていたらしい。

テレビのカメラは素の父を映し出していたし、世間が抱く優しく誠実な北城裕也像の様に、しっかり俺達に愛を持っていたらしい。

そして、たった今送られたであろう俺の写真に対し数秒も経たないうちに母さんのスマホが通知を伝えて震えた。

「……父さん？」

「そうそう。いつも返信早いのよね～優人の事となると」

父が愛を持っていたという事を裏付けるような出来事は、俺の脳内をぐるぐると回りながら一つの結論にたどり着こうとしていた。

凪咲が言っていた同い年の才能を持った子と言うのは俺の可能性がある。

俺に息子としての愛を持っていた父さんが、幼少期からテレビに映る北条裕也の演技を食い入るように見ていた俺を、親の贔屓目で自分と同じように演技の才能があるのかもと考え、他人に話せない関係性である親子という部分を隠しながら半分自慢するような感覚で凪咲に話した……。

……あり得ない事ではないのかもしれない。

「……ごちそうさまでした」

一旦食器を流し台に持っていき、大きく息を吸い込んでみる。

少し冷静……いや、考えることを一旦諦めた脳には少し余裕が出てきた。

スマホでまだ父とやり取りしているのであろう母さんを横目に脱衣所に向かう。

体を動かすことだけに集中し、無心でシャワーを済ませた後湯船につかる。

「そもそも、俺がその人だって確かめる方法は無いわけだしな」

誰に言うでもなく、頭の中の情報を整理する為《ため》だけに口に出す。

わざわざ母さんを通じて聞いたところで、凪咲に伝えるべきかどうかも分からなくなる。

よって、俺にできることは何もないわけだ。

そう結論付けて身を包む湯の温かさに意識を集中させるのだった。

「もう、お風呂長過ぎよ」

「ちょっと考え事してて……」

案の定切り替えきれなかった俺は、いつの間にかのぼせてしまうほど長時間湯船につかっていたらしい。

「優人？　お父さんがそろそろ会いたいだってさ」

「……流石《さすが》にダメじゃない？」

今会ってしまうと、才能を持った子という言葉の真実を確かめないといけなくなってしまうし、そもそも直接会って世間に関係性が露呈してしまう様なミスを俺がしてしまったら流石に父さんにも母さんにも悪い。

「まぁでもいつかは会わないとな……」

先程の父の行動を考えてみれば、一切会わないのも失礼だし、なんだか可哀《かわい》そうだ。

いつ頃なら安全だろうか。

高校生が北城裕也と会うよりかは成人してからの方がマシだろうか。

「ま、どうせプライベートでは会ってくれないだろうって私もお父さんも思ってたわ」

「じゃあ聞くなよ……」

俺が世間にバレることを一番嫌っている事を知っているにもかかわらずそう言ってくる母さんに呆《あき》れたため息をつくと、母さんが耳を疑うようなことを言って来た。

「という事で、お父さん仕事で一葉に行くって！　芸能科の試験で審査員やるらしいわよ？」

……今日はとりあえず寝てしまおう。

脳の思考を止めた俺は、歯を磨くために洗面台に向かうのだった。

# 4章　立てたフラグの回収をお忘れなく

テスト直前の土曜日。

クラスメイト達は集中して各自の課題に取り組んでいるのだろう。

もちろん俺だってそうしたい。だが、そうできない理由がある。

「どうしよっかな……ホントに……」

自室でテスト勉強に集中していた昼過ぎ。

俺の集中を途切れさせたのは、俺の目の前にいる少女。水瀬《みなせ》凪咲《なぎさ》が押したチャイムだった。

ドアを開けた一言目は「誰かいる？　いないなら入らせて。部屋」という全国の男子高校生が歓喜しそうな内容だったが、実際に話し始めたのは学校を辞めるかどうかという重い内容だった。

「まぁ、今すぐ辞めたい理由があるわけじゃないんだろ？」

「うん……でもあんまり学校行けてないし、入学した目的の子もいないし、あかりと優人《ゆうと》ぐらいしか素で話せる友達居ないし、二人とは家が近いから学校辞めても話せるし……」

目的の子、という言葉に耳が勝手に反応する。

俺の父、北城裕也《ほくじょうゆうや》が凪咲に伝えたという、一葉に行ったら出会える同い年のものすごい才能を持った子。

それが俺かもしれないと凪咲に伝えたら、彼女はどんなことを考えるだろうか。

目的の人が見つかった喜び？　いや、同世代の同業者たちと進路を違えてまで見つけたのが進学科で演技の素人。落胆以外ありえない。

……そもそも、父と同じ道のりを辿《たど》りたくなくて演技に触れなかったし、そんな未経験の俺に才能があると思ったなら、流石に親の贔屓目がすぎる。

「ま、試験にも出られそうにないし仕方ないかもねぇ……」

どこか諦観を含んだ眼差《まなざ》しで、窓から見える景色を眺めている。

「……もし何か困ったことがあれば言ってくれ。少しぐらいは力になれる……はず」

そう言うと、少し意外そうな顔をしてすぐに笑い出した。

「なにそれ？　優人に何が出来るの？」

小馬鹿にするように笑いながら少しずつ煽《あお》るように距離を詰めてくる。

関係性の露呈が怖くて北城裕也が来校する事すら伝えられない俺のせめてもの罪滅ぼしとして言ったつもりだったが、羞恥が込み上げてくる。

相手は現役女優で、俺はただの一般人。そもそもの立場が違うだろ。

少し頬《ほお》が紅潮するのを感じながら凪咲のからかいを受け入れていると、凪咲が肩に顔を押し付けてきた。

「でも、その優しさは受け取っとく……」

彼女の顔は見えなかったから、本心なんてわからない。

普段高飛車な性格の凪咲の事だ。今俺の耳に入ってくる弱った様な声もただのそういう演技なのかもしれない。

でも何でもいい。今は彼女の言葉だけを聞いておこう。

彼女の言葉だけを信じよう。

暫《しばら》くそうしていたあと、彼女が顔を上げる。

「じゃあ本当に困ったら泣きながらお願いするわ」

「やめてくれ、どんな内容でも断れる自信がない」

「あれ？　クールそうな顔しといて女の涙には弱いんだ？」

「母さんの教育だな」

「女の涙なんて九割が嘘《うそ》だと思っていいわよ」

「男はその一割の為になら騙《だま》されてもいいんだよ」

いつも通りの意味なんて無いやり取りが戻って来た後、凪咲はベッドに倒れこんだ。

「ごめん、邪魔して。テスト勉強の途中だったんでしょ？　やっていいわよ、私静かにしとくから」

冗談かと思ったが本当に居座るつもりらしくダラダラとスマホをいじりはじめる。

俺も気にしない様にして机に向かってみるが、やはりあかりが居るのとは訳が違う。

何故《なぜ》か気を許されているようだが、同い年の男子高校生のベッドに寝転がるのはいかがなものか。

そんな事を言ってもどうにもならないので、仕方なく本来の五割ほどの集中力で取り組むのだった。


次の月曜日。テスト初日。

エレベーター前であかりを待っていると、少しだけ開いたあかりの家の扉から寝間着姿のままで「先行ってて〜！」とあかりが伝えて来る。

中学の頃にはよくあった事なので、特に気にすることなくエレベーターを呼び出すボタンを押すと、勢いよく背中を叩かれた。

「おはよっ！」

「凪咲か、今日は登校するのか？」

「うん。あかりは？」

「寝坊で遅れるって」

「そっか……一緒に行って思い出作りたかったけどなぁ」

「……決めたのか？　もう」

「……まぁね。芸能科で学ぶことも無いし、友達が話してくれる通信制の話もちょっと興味あるしね」

「そっか。いつでも家来ていいって母さんも言ってたから。他人みたいになるのは止めてくれよ。俺の数少ない友達なんだから」

そう言うと凪咲は満足したような目でこちらを見つめてクスッと笑う。

「なにそれ、分かった。数少ない一般人の友達として尊重してあげる」

「それはありがたい」

それからはいつも通りの会話だった。

土曜日の時点では少し曇っていたように見えた表情も、今日はかなり晴れやかに見えた。

校門を潜《くぐ》り抜け、学習棟の昇降口で上履きに履き替える。

いつもならスルッと通り抜け、二階に教室があるあかり、村井《むらい》さん、凪咲とはここで別れるのだが今日は違った。

部活動の勧誘や学校行事について書かれたポスターが貼られる掲示板の前に人だかりができていたのだ。

「なに？　この人だかり」

「さぁ？　なんか掲示板に貼ってあるらしいが……」

「ま、もうすぐ辞める私には関係ないわね」

そう言って自分の教室へと足を向けかけた彼女と俺の間に見覚えのあるクラスメイトが入り込んできた。

「優人！　見たか？　あれ！」

クラスメイトの山田相馬《やまだそうま》が掲示板の方向を指差しながら、なにやら興奮した様子で状況を伝えようとしている。

「いや、まだ見てないけど？」

相馬のテンションの高さに少し驚いたのか凪咲も足を止め、相馬の方を見ている。

「それがさ！　芸能科の試験の審査員、あの北城裕也が来るらしいぜ⁉」

相馬の奥にいる凪咲の表情が固まる。

「それは……よかったな？」

事前に知っていた情報という事と、友達の口からでた父親の名前に少し動揺して変な返事になってしまう。

そんな事を話していると、固まっていた凪咲が動き出し、相馬を押しのけて俺の両肩に勢いよく両手を置いた。

「優人……私、まだ辞められない」

そう言った凪咲の顔は、かつてないほど高揚しているように見えた。

◆

一葉高校の筆記テストは五日かけて行われる。

一日あたり二から三教科。

そのおかげでテスト週間は他の科の生徒よりも早く帰宅する事が出来る。

それを活《い》かして校内で自習をしていったり、友達とカフェで勉強会をしたりするらしいが、どうやら俺の唯一の勉強会メンバーである相馬は今日別の友達と勉強する約束があるらしい。

もしよければ来るかと誘われたが丁重に断っておいた。

初対面の人に囲まれると、ろくに話せずに空気を悪くしてしまうだろうということぐらい簡単に予想できる。

テストが終わり、普段は授業を受けている時間の校内を歩く。

テストを受けていた生徒たちも、まだ教室に残っている人の方が多いようで校内を歩く生徒はかなり少なかった。

静かな校舎内を歩き、特に何事も無く昇降口に到着すると、今朝人だかりの出来ていた掲示板の前に見覚えのある顔があった。

俺の前の席に座る生徒、相田夢《あいだゆめ》さんだ。

まぁ、顔を見かけたところで話しかけていい関係性でも無いので特に気にせず帰ろうとすると、入学式の時に聞いたような透明感のある声で話しかけられた。

「……蒼井《あおい》君……だったかしら？　見た？　このポスター」

唐突に話しかけられたことに驚きつつも振り返ると、相田さんがこちらを向きながら掲示板に貼られている北城裕也が来校するというポスターを指さしていた。

「見ては無かったけど……山田に教えてもらったから知ってはいるよ」

「そう……ごめんなさい。驚いたわよね？　そんな鳩《はと》が豆鉄砲を食ったような間抜けな顔をしてるんだから」

そこまで顔に出ていたとも思えないが……それよりも、最近の女子高生の間ではナチュラルな罵倒が流行しているのか？

あかりや凪咲もたまにナチュラルな罵倒を加えてくる。

「話しかけられるとは思ってなかっただけだから。謝る事でもないよ」

「確かに普段の私なら話しかけることは無かったわね。ごめんなさい。もう帰って大丈夫よ」

口ではそう言っているものの、俺の勘違いでなければ「なぜ話しかけたのか」と聞いてほしそうな雰囲気がダダ洩《も》れである。

……と言ってもそれはただの俺の主観なので、間違っている可能性もある。

ということで、俺は相田さんの言葉に従って素直に帰ることにした。

じゃあね相田さん。また明日。

心の中でそう言葉をかけながら靴を履き替えようとする。

「……なんで聞かないの？　どうして今日は話しかけてきたの？　って」

直接聞いてくると思わず、思わず手に持っていた靴を地面に落とす。

「いや、話したことないのに深く聞くのも変かなって思って……」

「話したこと？　あるじゃない。入学して次の日の一限前のショートホームルーム三分前。あなたと山田君と私で会話したはずだけど？」

「……あれって会話か？」

ただ一言二言注意されただけのような気もするが……。

「会話でしょ。会話って言うのは二人以上の人が集まって互いに話をすることよ。その定義に基づけばあれは会話よ」

「まぁ……確かに会話か」

今のやり取りだけで相田さんがどんな人か分かった気がする。

「あ、それで何で話しかけたかって言うと、ただテンションが上がってたからよ」

「テンション？」

「私、北城裕也のファンだから」

そう言うと何故か自慢げに鼻を鳴らし、誇らしげな表情をしてみせた。

「あ〜……それでポスターをまじまじと見つめてたんだ」

「まぁね」

「でも意外だなぁ……勝手なイメージだけど、そういう俳優とかに興味ないと思ってた」

「自分からしたら別にそんなこと無いと思うのだけど……」

普段俺の席から見える読書家の顔。

長く整った黒髪に、ピンと伸びた背筋。

しっかりと着こなされている制服に、しっかり膝下まであるスカート。

それらの要素が少しお堅い雰囲気を醸し出していた。

「……ちょっと」

そう思う中でちらりと目線を下に動かしてしまったのがダメだったのだろうか。

「私の太腿《ふともも》見ないでくれない？」

とんでもない変態と勘違いされてしまった。

「見てないですけど……」

「嘘つかないで。好きなんでしょ？　女の子の太腿」

確かに相馬とそんな会話をしていた時に相田さんがやって来たという記憶はある。

あるにはあるが……。

「そこまで飢えてないって流石《さすが》に」

「どうかしら」

自分の体を自分で抱き、身を守るような姿勢を取る。

止めてくれ。だんだんと増えてきている人の視線を集めてしまう。

「冗談よ。あなた女性慣れしてそうだし、確かに飢えては無いかもね」

身を守る防御は解いてもらえたものの、他の誤解が発覚した。

「女性慣れなんてしてないんですけど……？」

「そうなの？　よく芸能科の人達と一緒にいるし、今朝も水瀬さんと一緒に居なかった？」

「居た……けど、それも数少ない友人の一人だ。決して女性に慣れているわけじゃない」

「あら？　そうだったの。ごめんなさい」

「まぁいいけど。それじゃ、俺そろそろ帰るから」

明日もテストだ。

家に帰って集中できる時間があるのなら、その時間は出来るだけ長い方が良い。

そう言葉を残し、今度こそ靴を履き替え、歩き出す。

「ちょっと待って」

「……なに？」

どうやら、まだ何か用があるらしい相田さんがスマホを片手に距離を詰めてくる。

「連絡先交換しましょ。こんなに会話したならもう友達でしょ？」

特に断る理由も無いので、相田さんが示してきたQRコードを読み取りながら、この学校には特殊な人しかいないのではないかと疑問を持ってしまう。

最初は常に勉強をしているガリ勉タイプかと思っていた。

でもその考えは外れていたのだと今日話して分かった。

相馬と同じく、彼女もまた奇人である。

連絡先を交換するとそそくさと何処かに去ってしまった彼女はまさに相馬を彷彿《ほうふつ》とさせる突風のような人だった。

一人残った昇降口で、スマホの画面に視線を落とす。

成り行きで高校に入ってから初めて手に入れた女子の連絡先。

そのプロフィールアイコンは実の父だった。

「なんか……嫌だなぁ……」

無意識に、そんな言葉がこぼれていた。

相田さんに解放された後、俺はそのまま帰宅して自室で珍しく集中できていた。

毎週のようにあかりが来たり、先週に関しては凪咲が来るというイレギュラーによってより一層集中できなかった。

そこまでテストを不安視してないとはいえ、対策が厚いに越したことは無い。

どうやら母さんも出かけているらしく、昼はカップラーメンという時間効率重視のメニューで済ませ、静かな自室で勉強という理想のテスト期間を過ごしていた。

三十分集中して五分ほど休憩。

自分が集中しやすいタイムスケジュールで進めていくと、あっという間に時間が過ぎていく。

時刻は早くも午後五時を過ぎている。

普段ならちょうど家に帰ってくるような時間だ。

一度テキストに対する集中を解き、空になったマグカップに緑茶を追加しようと自室を出てポットでお湯を沸かし始めると同時にチャイムが鳴った。

「おじゃましま～す！」

ドアを開けると同時に軽快なリズムでステップを踏みながら入ってくる幼《おさな》馴染《なじみ》。

「お邪魔します」

そしてその後を当たり前の様についてくる村井さん。

「どうぞ」

二人を部屋に通して、沸かすお湯の量を増やして二人に緑茶を渡す。

「おっ！　気が利くなぁ～！」

「ありがとうございます」

入り浸り過ぎて他人の家だという事を忘れてしまった幼馴染と、しっかりと礼儀を持ったその友人。

人の振り見て我が振り直せと言う言葉があるように、あかりも村井さんを見て礼儀を思い出してほしいものだ。

「ごめんなさい、蒼井君。一応テスト期間だと知っていたのであかりちゃんを止めたんですが……」

「いや、いいよ。今日は早く帰れたし、そのおかげで十分に勉強はできたから息抜きって感じで二人が来てくれて俺も嬉《うれ》しい」

「そですか……ならよかったですが」

そう言いながら村井さんも定位置となったあかりの隣に座りながら背中をソファに深く沈ませ、かなりリラックスしている。

ナイトテーブルに俺の分のお茶を置き、位置的に二人の少し後ろにあるベッドに寝転ぶ。

あかりの今日の気分はゲームではなく映画らしく、リモコンを操作して目的の映画を選択する。

見たことのない恋愛映画だ。

映画はそれなりに見る方だが、父さんが出演しないものを見る事はあまりない。

二人はそこまで視聴に重きを置いてないらしく、会話を楽しみながら画面を眺めている。

「あ、そういえば蒼井君、知ってましたか？　北城さんが一葉に来るらしいですよ！」

「あぁ、らしいな」

「ドライですねぇ……結構すごい事だと思いますよ？　芸能科の生徒はかなり盛り上がってましたし。北城裕也と言ったら演技を志す人間にとって伝説みたいな人ですからね」

「へぇ～……村井さんもファンなの？」

「う～ん……ファンというか……。あの、こういう事言ったら恥ずかしい人だと思われるかもしれないんですけど……」

少し頬《ほお》を赤らめながら、「笑わないでくださいよ？」と目で訴えてくる。

「そんなこと思わないよ」

「じゃあ……ファンというより、追いつくべき人……みたいに思って、ます」

少し声に出して宣言することに緊張したのか、語尾がいつもより堅くなる。

「全然恥ずかしい事じゃないと思うけどな」

「そですか……」

もう一度頬を赤らめた村井さんは画面に向き直る。

「でもラッキーだよね今年度の生徒！　わざわざ北城さんに演技見てもらえて、その後にまた個別にアドバイス貰《もら》えたりするんでしょ？」

「ですね。ラッキーだと思います。でも……」

あかりの意見に賛同していた村井さんの表情が少し曇る。

「水瀬さんにとってはもっと厳しい条件になったかもしれません」

目線を手元のマグカップに落としながらポツリと呟《つぶや》く。

「北城さんが審査員に入るという事は、審査員側が持つ芸能界への影響力も格段に大きくなるという事です。その中でわざわざ水瀬さんの比較対象になりたい人は少ないでしょうし、そもそもどんな人がやっても水瀬さんの足を引っ張るだけになってしまいます」

村井さんの話をしっかり脳内で捉えながら、整理する。

今朝の凪咲の目はやる気に満ちていた。

憧れの人に同業者としてでは無く、審査員として評価されることに価値を感じたのだろう。

でも問題は以前から変わってない。

共に壇上に登ってくれる人間が居るかどうか。

「そもそも変なんですよ。チームを組んだ人達は先生に申し出て、職員室前の紙に名前を書かれていくんですが、未《いま》だに水瀬さんの名前がないにもかかわらず、水瀬さんにメンバーを探している様子が無かったんですよ。まぁ、今日は何人かに声かけてたらしいんですけど、結構みんなもう組む人決まってて……」

そう悲しそうに話す彼女はやはりいい人なのだろう。

凪咲にメンバーを探す様子が無かったのも、恐らく以前からあまり試験を受ける気持ちが無かったからだ。

だがその気持ちは今日変わった、だが変わるのが遅かった。

「私がチームから抜けて力になれたらよかったんですけど、今日頑張って話しかけてみたら最低男性が一人いればいいからって断られちゃいました……」

「まぁ凪咲も気にしてるんだろ、自分の影響力を。案外そういうところあると思うから」

一緒に組む人を最小限の数にする。そういう気遣いなのだろう。

「え？　蒼井君、水瀬さんと関わりあるんですか？」

俺が呟いた言葉に反応し、先程の深刻そうなトーンから一変し、素っ頓狂な声を上げる。

「あ、日向《ひなた》ちゃん知らなかったっけ？　水瀬さん、ここの隣に住んでるよ？」

「まぁ最近引っ越してきたから関わりは浅いけど……そういえば言ってなかったか」

「全っ然知りませんでしたよ！」

「っ」を強調して前のめりに驚きを主張してくる。

「それなら前もって仲良くなって何とかできたかもしれないのに……」

「……村井さん、いい人だな」

「でしょ？　日向ちゃんは良い子なんだよ」

なぜか誇らしげな顔をして隣の村井さんの頭を撫《な》でまわすあかりと、褒められ慣れてないのか顔を赤くする村井さん。

もはや誰もテレビの画面など見ていない。

「まぁ、気にしなくて大丈夫だろ」

「大丈夫って、そんな無責任な……」

「大丈夫」

先程より力を込めて、力強く言葉を伝える。

「大丈夫。俺が何とかするよ」

◆

テストも残すところあと一日となった木曜日。

昼に一人で勉強し、夕方ぐらいからはあかりと村井さんが家に来るという流れが既に完成していた。

今日もいつも通り集中して勉強に取り組み、鳴った玄関のチャイムに顔を上げる。

時刻はまだ午後三時を過ぎていない頃。

いつもよりかなり早い時間だった。

「……よ」

「あれ？　今日は仕事？」

「うん」

「そっか」

それだけの言葉を交わし、チャイムを鳴らした凪咲を家に招き入れる。

渡したマグカップから上る湯気を眺める彼女の表情からは何を考えているのか読み取れない。

特に気にする様子もなくベッドに座る彼女に戸惑ったが、少し悩んだ後距離をとって俺もベッドに腰かけた。

「それで？　ＹＯＵは何しに俺ん家へ？」

「ん……なんとなく？」

少し重たく感じる空気を軽くしようとかました俺のなけなしのユーモアも、凪咲の眺める湯気と共に消えていった。

「……で？　なんかあったのか？」

大方予想がつくことでも一から手順を踏んでいく。

一秒ずつしっかりと流れていく時が俺をそうさせた。

「私試験受けたいみたいな事、言ってたでしょ？」

呟くように言葉を綴《つづ》った。

「〝まだ辞められない〟って言ってたな」

「裕也さん、子役の頃から共演する度にずっと褒めてくれるの。私の演技」

「ま、いい人そうだもんな。あの人」

特に子供が好きだと言うのはずっとテレビでも言っている。

「ホントにそう……だから、ある時知りたくなったの。本当に裕也さんが私を評価したらどうなるのか」

「だから試験に出ることにした」

「そういう事。まぁ、出られなそうなんだけどね……」

そう自嘲気味に呟いた彼女は何処までも沈んでいきそうな、全てのモチベーションを失ってしまいそうな、そんな暗さを見せていた。

「私も、もうちょっと早めに行動しとくべきだったなぁ。もうみんな組む人決まってるや」

「それも凪咲なりに気を遣った結果なんだろ？　案外そういうところあるよな。お前」

そう言うと顔に浮かんでいた暗い表情は奥に隠されて、ニヤニヤした笑みに切り替わる。

「え〜？　なに？　いきなり彼氏面〜？　確かに距離は縮まったけど、まだちょ〜っと早いんじゃない？　やっぱり女の子の友達が少ないとそこんところ分かんないのかなぁ？　もうちょっと距離縮めてやり直して欲しいなぁ〜？」

明らかに煽《あお》り口調になり、まるで年下に接するような上から目線で文句を言われる。

「そういうんじゃないって……」

彼氏面という言葉に反応して体温が上がった事を自覚する。

恐らく俺の頬も赤みを帯びたのだろう。

それを確認した凪咲は満足そうに笑った。

「ま、明日は学校行くし、もうちょっと頑張ってみようかな」

一気にマグカップを傾け、飲み干したであろう空のそれをナイトテーブルに置いて立ち上がった。

「漫画読んでいい？」

「あかりのだけどいいんじゃないか？」

「……一応確認取ってからの方が良いかな？」

「大丈夫だろ。俺の部屋にあるから所有権は俺にあるはずだ。知らないけど」

「それもそっか」

それからしばらくした後、チャイムが鳴ると同時にドアを開けた二人組がそのまま俺の部屋に向かってくる足音が聞こえた。

「お邪魔してま～す……って、凪咲じゃん！　今日はもう仕事終わったの？」

「うん。今日は結構早く終わったから」

「そっかそっか」と言いながら遠慮なくいつものソファに陣取るあかり。

いつもならその後ろをついてくる村井さんは、すこし気まずそうにあかりと俺を交互に見比べる。

「こんにちは。確か前に話したわよね？　村井さん……で良かったかな？」

「あ、どうもです……村井日向です」

「別に私は優人の隣でいいから、あかりの隣に座っていいよ？」

「あ、ありがとうございます」

そう言われた村井さんは遠慮がちにいつもの位置に座った。

村井さんもいい人だから、女子三人の中で凪咲を一人にすることを躊躇《ためら》ったのだろうか。

「そうそう、日向ちゃんには言ったけど、凪咲も明日来る？　優人のテストお疲れ様会」

「待って？　それ俺知らないけど」

「優人ママが言ってたよ？」

「知らないなぁ……」

いつの間にか俺の知らないところでお疲れ様会が計画されていたらしい。

困惑した表情を浮かべていると、隣から俺にしか聞こえない声量で「普段クールぶってるのにイジられてるの、なんかおもしろい」と凪咲がニヤニヤしている。

「で、凪咲も来れる〜？」

あかりにそう言われると伸ばしていた膝を三角に折り畳んで、少し微笑《ほほえ》みながら俺を見上げてこう言った。

「いい？　私も来て」

「……どうぞ」

見たことがないほどの柔らかい笑顔を見せられ、吐息交じりのその声に断ることもできず、周りに顔を見られない様に気を付けながら了承の返事をするのだった。

翌日、相馬主催である普通科と進学科の垣根無く開催されたテストお疲れ様会にはもちろん参加できるはずもなく、俺は家に直行した。

ただ単に早く帰れただけの午後を満喫しながら読書に集中していると、いつの間にかありと村井さんが来ていた。

母さんが普段よりも気合いが入った料理をテーブルに並べ始めてもまだ家に来てなかった凪咲を俺が呼びに行くことになったのだが……。

ピンポーン……

チャイムを鳴らして数秒経《た》っても反応はない。

急な予定が入ったのだろうか？　それとも寝たりしているのか？

念のためもう一度チャイムを鳴らすと、次は返事が聞こえてきた。

「……はーい……」

「優人だけど、今日来れそうか？　一応母さんたちが呼んでる。嫌なら俺から伝えとくけど」

「……入って」

数秒待った後に返って来たのは入室を促す言葉。

理由を尋ねようとも思ったが既に部屋の中との繋《つな》がりは切れている。

女性が一人暮らししている部屋に入ってもいいものかと悩んだが、結果的に俺はドアを開けた。

「暗いな……」

常に電気がついているマンションの廊下とは対照的に、凪咲の部屋を照らすのは窓から入り込んでくる少し雲がかかった月明りくらいだった。

「お邪魔しまーす……」

幸いマンションの部屋の構造は分かっているので僅かな月明りで電気のスイッチにたどり着く事が出来た。

「……どうした？」

部屋を照らしたライトが映し出したのはテレビの前のローテーブルに突っ伏した凪咲。

「ダメだったのか？」

「まぁね……」

そうポツリと返事をした彼女の声色からは悲しみが読み取れた。

凪咲にとっての北城裕也がどれほどの存在なのかは分からないが、きっと俺が想像できないほどの大きな存在なのだろう。

幼少期からずっと憧れ続け、やっと摑《つか》んだチャンスだったのだろう。

それを掴み切れなかった悔しさがどれほどのものなのか、俺には想像しきれなかった。

「……やっぱりあかりに無理って言っといてくれない？　ほら、私今こんなんだし」

籠った声が、少し湿っぽかった。

「……顔上げれるか？」

「なんで……？」

「泣いてると思ったから」

「……女優はプライベートで泣かないの。演じる時の涙の重さが軽くなっちゃうから。プライベートで泣いちゃいけないの。だからこれはそういう演技なの……」

先程よりも震えた声でそう言った。

「じゃあ演技でもいい。俺は九割の演技に騙《だま》されてもいいんだ」

「……一割の為《ため》なら？」

「そうだ」

「……馬鹿ね」

俺は凪咲の近くに座る。

「前言っただろ？　力になるって」

特に返事は来ない。

でも俺の言葉を待っている。

「その時から考えてたんだ。試験のルールに芸能科同士で絶対組めなんて書いてなかった。火曜日に芸能科の先生に聞きに行ったらそういう事だった」

凪咲の体が少し動く。

「ちょっと困ってるんだろ？」

「……困ってない」

震えた声が、水気をさらに帯びる。

「じゃあ結構困ってる？」

そう言うとゆっくりと顔を上げ、横目に俺の位置を認識して太腿《ふともも》に倒れこんできた。

「ずるい……ずるい。ずるいよ……ゆうとそんなの絶対苦手でしょ？」

太腿の位置にある凪咲の頭は随分と撫《な》でやすい位置にあったが、幸い倒れこんできた時にぎりぎり保った理性で我慢する。

「話し方もずるい、会話の流れを見透かしてるのもずるい、演技だって見抜けるのもずるい、泣いている女の子に優しくするのなんて一番ずるいよ」

ポコポコと俺の太腿を叩きながら不満を訴えてくる。

「……私が泣きながら助けてって言ったら優人はどうするの？」

言っている本人も何と返すのか分かっているのか、少し期待を含んだ声。

「何とかするよ。絶対」

「じゃあ……助けて……？」

おもむろに俺の腕を掴み、自らの頭の位置に誘導する。

俺は胸の中で決めていたことを告げる。

先生にも確認してルール的には問題ない。

そもそも芸能科にいなければ審査員の審査など受けないし、評価など関係ないのだ。

「俺が一緒に出てもいいか？　試験」

凪咲の頭に乗せた掌《てのひら》が縦に動いた。


「……あの、そろそろ行きません？」

先程俺が凪咲と共に試験に出ると決まった後、数分は経っただろうか。

俺は未《いま》だに膝の上にある凪咲の頭のせいで立てずにいた。

「だって、まだ皆に会う顔作れてないもん」

「あとどれくらいかかりそう？」

「ん〜……もうちょい？」

そんな曖昧な返事に不安が募る。

あまりにも滞在時間が長いと母さん達に疑問を持たれることは避けられないだろう。

「優人、手止まってるよ？」

「はい。ごめんなさい」

先程から自分のやってしまった行動に対する羞恥がものすごく、とりあえず凪咲を撫でてしまっている手だけでも何とかしようとする度にしっかりと撫でるように催促される。

……なんだこの空間。

とにかく甘すぎる。

普段自分の部屋で過ごしたら絶対に漂わないであろう雰囲気や女子の部屋特有の香り。

それらが演出する雰囲気に惑わされてつい手でも握ってしまいそうだ。

そんなことを考えていると、俺に後頭部しか見せていなかった凪咲が体勢を変え、俺と目を合わせようと下から見つめてくる。

それに応じて目を合わせてしまったら、本当に勘違いして手でも握ってしまってあかりに報告され、馬鹿にされるどころでは無い目に遭わされる可能性があるので俺は迷った結果、視線の置き場を天井に固定した。

先程、自分で部屋の照明をつけてしまった事を後悔する。

恐らく俺の頰《ほお》が紅潮してしまっている事はバレバレだろう。

仕方がない。彼女も居たことなんてなくて、最近まで話す女子なんて母さんかあかりぐらいだったのだ。

「なんで目を逸《そ》らしたのかは聞かないでおいてあげる」

少しからかう様な声色。

「そうしてくれると助かる……」

凪咲も俺が照れている事くらいわかっているのだろう。

「ねぇ？　ゆうと」

まるでまどろみの中にいるような生ぬるく甘い声に、なんだかボーっとしてくる。

「……なんだよ」

「んへへ、なんでもないけどね？」

もし素でそんな事を言っているのなら恐ろしい。俺は深く息をつき、心を整え凪咲の方を見る。

浮かべていた悪戯《いたずら》っ子のような笑み。

ようやく目が合ったことに満足したような笑みだった。

一度絡み合った視線は中々離れず、静かな部屋の中、お互いの息遣いだけが聞こえて来て……。

「優人〜⁉　遅いよ〜！」

玄関のドアが開いた音と同時に聞こえて来るあかりの声。そしてあかりの声が聞こえてフリーズする俺とは反対にすぐ反応する凪咲。

気が付いた時には俺の手をどかし、体勢を整えてあかりを迎える準備が整っていた。

ちなみに涙は既に引っ込んでいる。

一体さっきまでの時間は何だったんだ。

「もう！　何してんの！」

廊下へと繋がる開けっ放しだったドアから顔を出したあかりは頰を膨らませ怒りを主張している。

入って来た時に声を出していなかったので気が付かなかったが、あかりの後ろには村井さんも居た。

「ごめんごめん。テレビの角度が気になったからちょっと直してもらってたの」

先程の出来事など本当にすべてなかったような表情を浮かべてそう言った。

女優とは恐ろしいものだ。

「あ〜。だから蒼井君の顔が赤いんですね。なんかお邪魔しちゃったのかと思いましたよ」

鋭い村井さんに心臓が跳ねたものの、俺もポーカーフェイスを維持して立ち上がる。

「なんか蒼井が赤いっておもしろくない？」

つまらない幼《おさな》馴染《なじみ》は置いて、俺達は凪咲の家を出た。

戻った自宅のリビングには既に料理が用意されていて、いつも通りの四人掛けの食卓だけでなく、テレビ前のローテーブルにも料理が並べられていた。

誰が言いだした訳でもなく女子三人組がテレビの前に座り、俺と母さんが二人で食卓を囲む。

お笑い芸人が多数出演しているバラエティー番組をテレビで流しながら食事を進める。

その番組には凪咲も出演していてテレビ用の態度を作っている彼女を見たりして盛り上がった。

食事を終えた後、協力して片づけをして俺の部屋にてあかりと村井さんが格闘ゲームで対戦し始め、それを俺と凪咲が観戦するという構図になっていた。

俺は先程の事で体力を使い切ったから不参加。凪咲はそもそもゲームにそこまで興味が無かった。

ソファに座る二人。

当然の様にベッドで俺の隣に座ってくる凪咲。

気のせいかもしれないが、前より距離が近い気がする。

いや、確実にそうだ。少しでも手を動かしたら手と手が触れ合ってしまいそうな距離にいる。

俺はそれに気が付かないふりをしながら画面で行われている事を説明する。

だんだん凪咲がルールを理解し、観戦を楽しみ始めたところで俺は少し席を外した。

リビングに移動し、ソファに座りながらテレビを眺めている母さんの隣に座る。

「どうしたの？」

「いや、別に」

回答になってないような気もするが、わざわざ母さんもそれを追求することは無い。

「俺、演劇出ることにした。北城裕也が見に来るやつ」

一応俺の部屋に居る村井さんと凪咲を意識して父さんという単語は使わない。

「何？　見に来て欲しいって事？」

「違う、ただの報告」

俺がそんな事言わないと分かっているだろうにニヤつきながら聞いてくる。

「まぁ見に行くけどね。息子の晴れ舞台だし」

「それは任せるけど……そんなカッコいいものにならないと思う。演技なんてやったこと無いし、凪咲が目立てばそれでいいから」

「優人がそんなことやるの初めてだし、それって成長でしょ？　それが見られればそれでいいの。私としても、あの人としても」

そう言って俺に向かってちょいちょいと手招きをし、耳打ちのポーズをとる。

俺は耳を寄せ、母さんの言葉に集中する。

「大丈夫。あなたの半分には北城裕也の血が入ってるんだから」

名俳優の息子が名俳優になるとは限らない。

そう思いつつも母さんの言葉を受け取る。

俺は自分に演技の才能があるとは思っていない。

だけど。

俺が凪咲と共に舞台に立つと決まった時。

俺の中の何かが動き出した気がした。

◆

翌日の土曜の朝。

学校に行くのならそろそろ起きなければいけない時間帯。

休日と言う事もあり、その時間帯でもベッドに寝転び、俺はゴロゴロと休日を満喫する。

そしてその時間は午前九時過ぎまで続くはずだった。

「優人、あんたいつまで寝てるつもりなの？」

「なんで居るんですかね……」

浅い眠りの中を気持ちよく漂っていると部屋に凪咲が入ってくる。

「別にいいでしょ？　家主である優人のお母さんが許可してくれたんだから」

「部屋の主は許可してないけど」

「家主の意見が優先されまーす」

今すぐ帰ってもらわないといけない用事も無いし、凪咲が持っている大きめのバッグから無意味に訪れたわけでもないのだと察し、立ち上がる。

洗面所で朝の支度を軽く済ませた後、母さんに渡された来客用のコップとお茶を受け取り部屋に戻る。

部屋に戻ると凪咲はいつもの様に俺のベッドに……というわけでもなく、珍しく勉強机に座っていた。

スニーカー文庫4月の新刊
2025
4
April
スニーカーNAVI
部屋もベッドも、気持ちイイことも、
シェアしよ？
『新妹魔王の契約者』
著者新作
新作
百合
同棲
溺れるベッドで、
天使の寝顔を見たいだけ。
#ふたりで犯した秘密の校則違反
上栖綴人　イラスト／千種みのり
両親の離婚で一人暮らしをする事になった雪平彩凪。引越先には、なぜか同い年の女子高生・深未悠宇がいた――しかも裸で。手違いから始まるワケあり同士の同棲生活。ふたりは孤独を分け合うように互いを求め始め!?

まだまだ冒険し足りない……!?

# 2025年5月1日発売の新刊

異世界転移した最強ロボが
魔法も使えて
圧倒的無双!
新作
魔法×科学の最強マシンで、姫も異世界も俺が救う!
語部マサユキ　イラスト／ソエジー

**貞操逆転世界ならモテると思っていたら2**
陽波ゆうい　イラスト／ゆか

**路地裏で拾った女の子がバッドエンド後の乙女ゲームのヒロインだった件2**
カボチャマスク　イラスト／へいろー

**怠惰な悪辱貴族に転生した俺、シナリオをぶっ壊したら規格外の魔力で最凶になった3**
菊池快晴　イラスト／桑島黎音

**女友達は頼めば意外とヤらせてくれる6**
鏡遊　イラスト／小森くづゆ

**クラスで2番目に可愛い女の子と友だちになった7.5**
たかた　イラスト／日向あずり

KADOKAWA　発行：株式会社KADOKAWA
https://www.kadokawa.co.jp/

※ラインナップなどは予告なく変更になる場合があります。

嫁に浮気され殺された奏多は、目覚めると嫁と出会う前の大学入学前日だった。大人の知識と経験で、今度は嫁と関わらずにキラキラのハーレム大学生活を目指す……はずなのに。なんでまた嫁が懐いてくるんだ？
タイムリープキャンパスライフ
二度目の青春は
モテモテキラキラ
大学生活！
新作
タイムリープ
ハーレム
嫁に浮気されたら、大学時代に戻ってきました！
園業公起　イラスト／黒兎ゆう

プロト、リミッター解除！
急転直下の
シリーズ第4弾！
我が焔炎《ホムラ》にひれ伏せ世界
ep.4 隣国、黙らせてみた
すめらぎひよこ　イラスト／Mika Pikazo

**あの頃イイ感じだった女子たちと同じクラスになりました2**
御宮ゆう　イラスト／えーる

**手に入れた催眠アプリで夢のハーレム生活を送りたい3**
みょん　イラスト／マッパニナッタ

**性悪天才幼馴染との勝負に負けて初体験を全部奪われる話4**
犬甘あんず　イラスト／ねいび

一流を知る女子達は、
この男子を
ほっとけない!!
新作
じれ甘
実力隠し
一般人の俺を芸能科女子達が逃がしてくれない件。
膳所々　イラスト／カット
国民的人気俳優の隠し子である蒼井優人は、普通科から芸能科まで様々な学科がある私立一葉高校に入学する。一般人として平穏な生活を送ろうとするも、若い頃国宝級イケメンと呼ばれていた父親の遺伝は強く……？

「あなただけに私の全部をあげたいの」
愛情濃縮
ハーレム生活、
開幕！
新作
ハーレム
悪役転生
エロ漫画の悪役に転生した俺が、寝取らなくても幸せになる方法
みずがめ　イラスト／ねしあ
目覚めたらエロ漫画の悪役、郷田晃生だった俺。寝取りよりチートボディでまっとうな青春を謳歌する！　ハッピーエンド目指してヒロインたちの悩みを聞いていたら……なぜか誘惑されまくり＆抱かれに集まってきて!?

地位も名声も最愛の
妻たちさえも――
無限の魔力
で全てを手にする!
新作
主人公最強
ハーレム
無限の魔術師
魔力無しで平民の子と迫害された俺。実は無限の魔力持ち。
レオナールD　イラスト／ye_jji
貴族と平民の間の子に転生したレスト。とある理由から魔力無しと偽り幼少期を過ごしていたが……宮廷魔術師の娘たちを救ったことで人生が一変！　無限の魔力で常識を覆し全てを手にする、壮大な成り上がり譚の開幕！

リアルの私を
愛してほしい！
新作
愛が重い
じれ甘
あなたの推しVです。今後ろにいます♥
ナナシまる　イラスト／さまてる
クラスの美少女さくらに溺愛されている平太は推しVを愛するがゆえ、さくらに惚れないよう抗っていた。だが彼は知らない――彼女こそが推しVの中の人だということを！ニヤニヤが止まらない、一途に愛されラブコメ！

第31回 スニーカー大賞作品募集中!
大賞300万円
＋3巻刊行確約
金賞 50万円
銀賞 10万円
締切 2025年9月末日
詳しくは ザ・スニWEBへ
https://kdq.jp/s-award
締切必達!!!
きみの紡ぐ物語で、世界を変えよう。
イラスト／カカオ・ランタン

LINEやってるよ!
お友達登録してくれた方には
LINEスタンプ風画像プレゼント!
新刊情報などを
いち早くお届け!
イラスト／三嶋くろね

POWER PUSH
ウィッチウォッチ
完璧すぎて可愛げがないと婚約破棄された聖女は隣国に売られる
男女の友情は成立する?(いや、しないっ!!)
ある魔女が死ぬまで
真・侍伝 YAIBA
劇場版「名探偵コナン 隻眼の残像」
劇場版「僕とロボコ」
etc.
The Five Star Stories 永野護
表紙&巻頭特集
機動戦士Gundam GQuuuuuuX《ジークアクス》
5月号
4月10日(木)発売
月刊ニュータイプ
Newtype
THE MOVING PICTURES MAGAZINE
© 創通・サンライズ
※内容は予告なく変更になる場合があります

「なんだ？　勉強でも教わりに来たのか？」

ナイトテーブルにドリンク類を置き、凪咲の傍《そば》に近寄る。

あかりと相馬に教えた経験から「俺は教えるの得意だぞ」と意気込みながら。

「違うわよ。試験でやる台本を考えようと思ってね。まぁ、私が全部考えてもいいんだけど、一応手伝ってもらう立場にいる訳だから優人の要望を一つも聞かないなんてわけにはいかないしね」

「なるほど」

そう言われ納得する。

試験まではおよそ一か月ほど。ここから台本を考えたりする事を考慮すると練習時間はかなり短くなる。その期間では素人の俺がマシになるレベルまではっきり言って時間が少なすぎるのだろう。

そう考えると、凪咲がこの時間帯から俺の家を訪れる理由としては妥当だ。

「そうは言っても演技の知識なんて無いし、要望なんて言われてもすぐには出てこないな」

「そうでしょうね。じゃあとりあえず……」

数秒天井を見つめて考える様子を見せた凪咲は、何か思いついたのかバッグから取り出したルーズリーフの上にペンを走らせる。

「これ読んで。大体の設定とか書いてみたから」

そう言って差し出されたルーズリーフに目を通す。

そこには衣装の事や中世ヨーロッパという時代設定、学校から指定されているというストーリーの枠組みが書かれていた。

「時代の設定とか、主人公が国の王女様とその国の騎士だとか、その辺の設定はみんな共通。ラブストーリーってのも共通だけど、私達の場合は二人だしライバルキャラとかを割り振る余裕もないから、盛り上がりに欠けるなら変更しても別にいいと思う」

凪咲が伝える説明で、ある程度概要を把握していく。

「それに加えて町の人みたいな状況を進めるために使えるような便利なキャラクターに人を割く余裕も無いから……」

「それって台本変更とかで何とかできる範囲？」

「ん～……正直あんま分かんないけど、一応今思いついてる方法は二つある」

そう言って凪咲は立てた二本の指をハサミの様に閉じたり開いたりした。

「まず一つは今言った通り台本変更。もう一つは声優科の人達に頼んでナレーションとして状況説明を頼む」

指を折って説明していた凪咲は、そこまで話すと少し困ったような顔をする。

「台本は私がやるとして、後は一緒に試験に出て欲しいって頼める声優科の知り合いが要るんだけど……」

「……心当たりはないぞ」

僅かな希望を抱いた視線を凪咲から向けられるが、もちろん俺にはそんな人物なんて一人も思い浮かばない。

どうやら心当たりがないのは凪咲も同じようで、俺の言葉を聞くと小さくため息をついた。

「まぁこれは一旦置いておきましょうか」

「……そうだな」

凪咲に渡された紙を眺めながら、試験当日をイメージする。

埋まる観客席。

一挙手一投足も見逃さない審査員。

そしてその席にいる実の父。

そう考えていると一つの可能性が思い浮かぶ。

芸能界に関係のある審査員。舞台には俺。そしてその傍には父さん……。

自分が舞台に立つことに集中していて、可能性を考えていなかった。

もしかすると、俺と北城裕也の関係がバレてしまう可能性もあるのか？

もし関係者に疑問を持つ人が出てきたら危険だ。

「あのさ凪咲、やっぱ恥ずかしいから目元だけ隠せたりする？　仮面みたいなヤツで」

顔全体を覆うのは怪しいが、もし隠せるなら目元を隠すだけでもリスクは減るだろう。

「恥ずかしい？　あの時私の部屋で腹くくったみたいな顔しといて？」

「あれは……なんか雰囲気で……」

今思い返すと体温が上がってくる。

あれはもう気にしないでもらいたい。

「ん～……目元だけって事ならベネチアンマスクみたいなヤツよね？　仮面舞踏会のイメージがあるヤツ」

「そうそう、そんな感じ」

「まぁアリかもね。仮面着けた騎士ってカッコいいし、二人でやるならいいキャラ付けになるかも」

なんとか意見が通りほっと息をつく。

「あ、そういえば前に撮影で貰《もら》った気がする……私、引っ越しの時持ってきてたかなぁ」

そう呟《つぶや》いて「ちょっと探してくる！」と駆け足で玄関を出て行った。

「あっぶねぇ……」

誰に聞かせるでもなく、そう呟いてベッドに倒れこむ。

ここでリスクに気が付いていなければ最悪の展開もあり得た。

そうなれば家族の問題というだけではなく、凪咲の試験自体まともに行えないかもしれないのだ。

公表していない以上、リスクは常にある。

そう心の中で繰り返し、自分を戒めていると、もう一度玄関が開く音がした。

「あったわよ、こんな感じでしょ？」

そう言いながら部屋に入って来た凪咲が手に持っていたのはイメージ通りの仮面。

デザインは狐《きつね》だろうか。白がベースで所々入った赤色が印象的だ。

でもどちらかというと……。

「西洋というより和風じゃないか？」

「ん〜……まぁ」

そう言ってベッドで半身を起こしている状態の俺に近づき、目元に仮面を合わせる。

「カッコいいからいいんじゃない？」

「……おう」

そう言って無邪気に笑う凪咲は、相変わらず少し無防備だった。

「――ナレーターの件は俺に任せてくれ」


帰る直前の凪咲にそう自信満々に宣言したのがおよそ一時間前。

凪咲は台本の調整に集中するために昼前に帰宅した。

凪咲は声優科の人にナレーションを頼もうと考えているようだが、そもそもある程度台本を読める技術があればそれで十分なのだ。

大人数に聞かれていても変に緊張しすぎず、観客に伝わるように話せるナレーター。

俺はそれを前から知っていたのだ。

初めて聞いた時から会場に良く通ると思い、その見た目の聡明《そうめい》さを引き立てていると感じたほどの透明感のある声。

数日前に成り行きで交換したばかりの連絡先を利用しようとして、電話をかけるかどうかの一歩前の画面で躊躇《ためら》う事一時間。

つまりプロフィール画面に表示される父親を眺める事一時間。

初めて連絡先を交換したクラスメイトの女子、相田さんに電話をかけることは勇気が必要だった。

そもそも女性に電話をかけることがない。

母さんは別として、幼馴染《おさななじみ》であるあかりに用事がある時は電話なんてしなくても家から数歩で会話が行える。

「……よしっ！」

そもそも考えたところで仕方がない。メッセージで連絡しても意図が伝わらないと困るし、返信が来ないと尚更《なおさら》困る。

相田さんに頼めないなら早く凪咲にも伝えないといけないしな。

凪咲に行動の理由を押し付け、なんとか電話をかける前の最終確認を突破すると同時に耳元にコール音が響く。

一回……二回……三回……。

コール音が回数を重ねる度に覚悟が弱まっていく。

今中断すれば間違い電話で済むのではないか？

急ぎの用事とは言え、いきなりの電話は迷惑か？

そんな思考は相手が電話を取った合図であるプツッという音と共に千切れる。

『……もしもし？』

「ごめん。急だけど今時間ある？」

『いえ、予定は特にないから構わないけど……何の用件？　遊びにいこう！　みたいなお誘い？』

想定外の言葉に一瞬困惑して次の言葉が出てこなかった。

「……いや、違うけど……」

『あ、そうなの？　ごめんなさい。友達と電話なんてしたこと無いからどんな感じか分からなくて少し緊張してて……』

「いやこっちこそなんかごめん……」

『謝らないで。少しワクワクしていた自分が恥ずかしくなるから』

この人にも恥ずかしいという感情はあったのか。他人にどう思われようと気にしないような人だと思っていたのだが……。

『で、遊びじゃなかったらどんな用件なの？』

「あ、それは……」

俺が凪咲と共に試験に出る事。今俺達のグループには俺と凪咲の二人しかいない事。台本改編の関係でナレーターが必要な事。それを相田さんにお願いしたい事。

その旨を伝え、返答を待つ。

『構わないわよ』

待つまでもなく、一瞬で返答が返って来た。

「え？　いいの？　結構特殊な形式だし、凪咲もいるしで目立つかもしれないけど……」

『いいわよ？　友達の頼みだし、水瀬さんとも入学式の時に同じ壇上に立った仲だしね』

呆気《あっけ》なく承諾される。頼まれたら承諾するのが当然だという様な声色に少し驚いた。

この人は友達の頼みなら本当に何でもしそうだ。

『あとこれは関係ないんだけど……』

先程とは違い、少し申し訳なさそうに声のボリュームを落としながら話す。

『北城裕也のサイン貰ってこれたりってする？』

「あ〜……ファンって言ってたもんね」

この前、昇降口で北城裕也来校のニュースでテンションが上がったからという理由で話しかけられたことを思い出す。

「相田さんが直接会って貰いたいって事？」

『ううん、そうじゃなくて。私そういうの眺めていたいタイプだから、蒼井君に貰ってきて欲しいの。あ、別に無理だったら無理でいいのよ？　それにかかわらずナレーターはやるし、そもそもナレーター楽しそうだからやってみたいって思ってるし』

わざわざナレーターを引き受けてくれる相田さんに何もお礼しないというのも失礼だろう。

それで恩返しになるのなら恩返しがしたい。俺が頼んでみたら何とかなるだろう。

……多分。

「いや、一応チャレンジしてみるよ。凪咲も共演したことあるらしいし多分貰えると思う」

『本当⁉』

いつも教室ではクールな相田さんの声が女の子らしく跳ねる。

自分でも少しはしゃぎすぎたと思ったのか、軽く咳《せき》ばらいをした後、『じゃあ、お願いね』と言って逃げるように電話を切った。

ツーツーと鳴り、暗くなったスマホの画面を数秒見つめたあと、ベッドに倒れこむ。

「……とりあえず、ナレーター確保……」

ふぅ……と息を吐き、凪咲にその旨を連絡しようとベッドに投げ出したスマホを持ちあげるのと同時にあることに気が付いた。

「……俺凪咲と連絡先交換してないな」

玄関から出て数歩で会話をする事が出来るのでたいした手間でもない。俺はすぐに腰を上げ、家から出る。

「どうしたの？　さっき別れたばかりなのにまた会いたくなっちゃったの？」

チャイムを鳴らしてすぐ出てきた凪咲が冗談めかしてそんな事を言った。

「違う」

もちろん、即否定する。

「……あんた冗談とか言えないわけ？　ノリってのがあるでしょノリってのが」

「なんだよノリって」

「もっと〝お前に……会いたくなったんだ……〟とか言えばいいのに。だから友達が少ないのよあんたは」

「それはノリがいいんじゃなくてただの軽薄な男だろ。お前はそういう奴が好きなのか？」

「まぁ嫌いね」

「なんだよそれ……」

俺が呆《あき》れたようにそう言うと、凪咲は玄関のドアを大きく開けた。

「何の用か知らないけど中入ってく？」

すぐ一人暮らしの部屋にあげようとするのは少し無防備すぎる気がする。

「いや、そんな長く話さないからいい。ただナレーターが決まったってだけ」

「……それだけ？」

「それだけ」

「それだけを言うためにわざわざ来たの？」

「……悪いか？」

それなりに緊急性の高い用件だとは思ったが、家を訪れてまで言うほどのことではなかったか？

そう少し不安に思うと、凪咲の口角が少し上がりニマニマし始める。

「それって結局私に会いたかったってことじゃないの〜？　適当な理由つけちゃってさ〜？　このネットの時代にそんなのメッセージ送れば一発なのにさ〜？」

「いや、連絡先交換してなかったから」

そう言うと、先程まで浮かべていたニマニマ笑いがスッと顔から落ちる。

「そうよね〜……そうだったわよね〜……」

「まぁ、不便だし凪咲さえよければしないか？　連絡先交換」

そう言うともう一度表情に色が戻る。

「え〜？　そこまで言うならしょうがないわね〜。交換してあげる！」

ここまで表情がコロコロ変わる奴《やつ》だっただろうか？

面白いくらいに顔に出る感情が本物なのか逆に怪しいぐらいだ。

連絡先を交換するためにスマホを操作しながら凪咲が話を続ける。

「あ、そういえばナレーターって誰なの？」

「同じクラスの相田夢さん。一応知ってるだろ？」

入学式の挨拶の時に壇上で互いに顔を合わせているはずだ。

相田さんの感覚では一応会話もしていたらしいし。

「あ〜……あのちょっと特殊な子ね」

あえて変という言葉を避けて相田さんを表現する。

確かに見た目から得られる穏やかで清楚《せいそ》な印象は、話した途端に崩れ落ちるだろう。

「というか、どうやってその子に許可取ったの？」

「普通に電話したけど？」

俺が画面に表示したＱＲコードを読み取ろうとした凪咲の手が止まる。

「……スマホで？」

「そうだけど？」

「……連絡先知ってるんだ」

「あぁ、成り行きでな」

「へぇー。ふーん。そっかー。私は二番目かー。あんたは一切連絡先交換しようなんて言ってこなかったけどなー」

そう悪態をつきながらスマホを操作し、俺の連絡先一覧に〝なぎさ〟という文字が追加される。

プロフィール画像はベッドの上に置かれたクマのぬいぐるみだった。

「はい交換できた。じゃーねバイバイ」

そう言って勢いよく扉が閉じられる。

明らかに不機嫌な様子の彼女を思い返しながら、スマホに登録されたしっかりと女の子らしい女子の連絡先を眺めて少し心が躍る。

そのタイミングで別れたばかりの凪咲からメッセージが届く。

〔台本完成したら持ってく〕

〔了解〕

適当にクマが敬礼しているスタンプを付けて返信し、俺は隣にある自分の家に帰った。

その日の晩、爆速で仕上げられ配達された台本を眺めながら俺は戦慄していた。

別に台本の内容に驚いたわけではない。

王道から外れない展開に、狐《きつね》の面の騎士という特殊な設定を活《い》かした良い台本に仕上げられている。俺が驚いたのは別の事だった。

俺の父親、北城裕也が出演する番組は全部見た。

母さんに見せられたのが大半だが、自主的に見たものも多い。

その中の一つが、父さんに密着したドキュメンタリー番組。

その番組の中である映画監督がこう言っていた。

「北城君のすごいところはアドリブ力です。どんな台本でも一日とかからず覚え、脳内でシミュレーションをし、台本を超える解釈を見せてくれる。それが彼の魅力だと思いますよ」

白いひげを撫《な》でながらそう話す貫禄《かんろく》のある映画監督を思い出しながら、俺はもう一度台本に目を通す。

台本を閉じ、脳内で読み上げる。

セリフ、立ち位置、その時俺や凪咲がするであろう表情まですべて鮮明に浮かび上がってくる。

俺は記憶力がとてもいい訳ではない。

勉強はひたすら反復をして脳内に刻み込む。

そうしてやってきた。

この台本も同じようにする気でいた。

でもまさかだった。

「一発かよ……」

自分に対する驚きと呆れの感情を含んだ乾いた笑いが、静かな室内に響いた。

◆

そんな休日を過ごして訪れた月曜日。放課後にある演技指導までいつも通り……というわけにはいかなかった。

耳の早い相馬は当然の様に朝一で俺が試験に出るという情報を手に入れていたし、休み時間にわざわざ進学科の教室を覗《のぞ》きに来る人も居るほどだった。

ある程度の注目を浴びる覚悟はしていたし、今更それが原因で辞退しようとも思わないが、話したこともないクラスメイトの女子から激励の言葉を掛けられた事には驚いた。

まぁ、激励と言っても「応援してます……！」ぐらいのものだったが。

そんな感じで慣れない午前を終え、あかりと村井さんと俺の三人で昼食を取る。

「なんへゆうほ言ってふれなふぁったの!?」

あかりが昼食のパンをハムスターの様に頰張《ほおば》りながら不満そうな目で何かを訴えている。

「とりあえず飲み込めって……」

「ムグムグ……だから！　なんで優人から前もって言ってくれなかったの!?」

一生懸命に口の中を空にした後、大きな声で不満を主張する。

喧嘩《けんか》でもしてると勘違いされ注目を集めてしまうと思ったが、あかりの声は昼時の生徒達による賑《にぎ》やかな会話の中の一部となるだけだった。

「凪咲に聞いてると思ってたんだよ」

「もー！　確認不足だよ？　こういうのは幼馴染《おさななじみ》に一番に報告するもんでしょ？」

「どこのルールだよそれ。どうせ二日ぐらいの誤差しかないだろ？」

「もっと早く知りたかったの！　それが分からないうちはモテないよ！」

言いたいことを言い終えたのか鼻を鳴らしながら、もう一度パンを頰張る。

そんな不満気なあかりをなだめていた村井さんも同じく少し不満そうな眼差《まなざ》しでこちらを見てきた。

「あかりちゃんほど不満を漏らしはしませんけど、やっぱり私も早めに知りたかったです……この前蒼井君の家で話して、やっぱり凪咲さんって良い人だと思ったからこそ、もっと早く安心したかったです……」

……確かに、先週から凪咲の試験メンバーについて気にかけていた村井さんには知らせた方が良かったな。

不安に思っていたことは凪咲も知らなかっただろうし、もしかしたら村井さんはこの土日も気が気でなかったかもしれない。

「それはごめん。確かに知らせるべきだった」

「もう！　分かればいいんだよ分かれば！」

今のは村井さんに向けての謝罪なのだが、何故《なぜ》か隣にいる幼馴染からの許しをもらう。

まぁ村井さんもそれを理解しているようなので特にあかりに向けて否定などはしないが。

「にしても蒼井君、朝からすごい話題になってましたね」

「前から注目されてた水瀬凪咲の試験の相手が、名前も聞いたことがない進学科の生徒ってなったら嫌でも気になるだろうしな」

「というか、優人なんかあった？」

再び口を動かしていたあかりが口の中を空にして、不思議そうな目で見上げてくる。

「普通、っていうか今までの優人なら絶対やらないじゃん？　こういうの」

確かに、少し前の俺なら一緒に試験に出るなど絶対に取らなかった選択肢かもしれない。

その理由を問われると、はっきり答えることは出来ない。

「ま、俺も変わったって事なんじゃないか？」

「なるほど。大人になったのか」

「大人になったんだ」

以前の俺なら取らなかった行動を取ったというのは成長ともとれる。

「でも、もし試験が成功しちゃったらやだなー」

「なんでだよ」

成功以外なら俺が失敗して恥をかくぐらいしか選択肢がない。

「だって優人がモテちゃったら、もう非モテイジリできないじゃん」

「そんなんでモテる訳ないしそもそもそのイジリやめろ。実は効いてるから」

「え～？　分かんないじゃん。案外ファンとか大量にできるかもよ？」

「そんなわけ……」

否定の言葉が出かけると、今朝話しかけてくれたクラスメイトの顔が浮かぶ。

「いや、案外あるかもな。今朝もクラスメイトに応援されたし」

「え？　女の子？」

それを肯定するために頷《うなず》くと、あかりが隣で話を聞きながら食事をしていた村井さんと俺に聞こえない様に小さな声でやり取りを始める。

　村井さんとのやり取りを終えると、あかりはまるで会議室にいる重役の様に手を組み、肘を机の上に乗せ、深刻そうな表情を浮かべた。

「優人、それはきっと偽装ファンだよ」

「……はぁ？」

「多分その子は前から優人の事が気になってたんだよ。それで今回の事を利用して勇気を出して話しかけた……」

「なんだそれ、まず気になる要素ないだろ」

　また幼馴染が真剣な表情で馬鹿なことを言い始めた。

「いやあるでしょ。性格は暗いけど顔だけは良いから」

「……自分で言うのもあれだけどかなり前半部分致命的だと思うぞ、俺」

「まぁこの世界には優人の性格をミステリアスで魅力的だと表現する人も居るって事だよ」

「はぁ……」

　いつも通り変な幼馴染の話を呆《あき》れ半分で聞き流す。

「良かったじゃん優人、彼女ゲットだよ」

「いらないし、そもそも勘違いだろ」

「聞いてみればいいじゃん、それで勘違いだったら優人はさっそくファンを失うことになって面白いし」

「お前なぁ……」

どうやらコイツの頭の中には俺をイジる事しかないらしい。

昼食後、あかりと村井さんの教室の前まで共に行動してそこで別れるのがいつもの流れだ。

その流れに沿って教室の前で別れたが、自分の教室に帰ろうと足の向きを変えた後に制服の袖を引っ張って来たあかりが、周りを気にしてか俺にしか聞こえない様に声のボリュームを少し落として話し始める。

「日向ちゃんの前だったからあれだったけど、いいの？　ほんとに。北城裕也の前でやるってことだよ？」

「分かってるよ。母さんにも話は通してあるし、なんとなくそっちの方が良いと思ったんだ。会ったこともない父さんと、演技を通してコミュニケーションを取るのも悪くないなって」

思ってたより父さんも悪い人じゃなさそうだし。

「そっか。優人がそう言うなら信じるよ。……でも」

あかりが少しかかとを浮かせ、俺の頭に手を乗せてはにかむ。

「何かあったらお姉ちゃんにしっかり言う事！」

そんな事を言う可愛《かわい》い幼馴染に思わず笑みがこぼれる。俺はあかりの頭に手を乗せ返し、髪が乱れない程度に頭を撫でた。

「俺の方が誕生日先だろうが」

「そうでした！」

いつも通りの流れに、あかりが「えへへ」と笑う。

数秒も経たないうちにお互いに手を離し、あかりは満足そうに教室に戻り始めた。

「やさしいな、あかり」

教室の中に向かって歩く背中にそう声を掛ける。

「幼馴染ですから！」

そう言ってアイドルの様な輝いた笑顔を見せたあかりの背中を見送り、教室に戻った俺は放課後までの時間を過ごした。

「さて……一応ある程度ひどいものだと思って来たから安心して。演技とかやったこと無

いんでしょ？」

「無いな。一切」

時は進み、夕食を終えた時間帯に、俺達は凪咲の家にいた。

最初は俺の家で練習をする予定だったのだが、開始前から既にペンライトを持って俺の部屋に居た母さんを見た俺達はすぐに凪咲の家に変更した。

「まず前提として観客は沢山いて、その全員に伝わる演技をしないといけない。ドラマとかと違ってカメラを意識しないといけないわけじゃないから多少やりやすいかもしれないけど……まぁとりあえず動きを大きく見せるところだけを意識してみて欲しいかな」

そう初心者の俺に指示を飛ばしながら三脚の上にスマホをセットしている。

「動画撮るのか？」

「まぁね。映像を見せながら教えられるってのもあるけど……」

撮影開始のボタンを押しながら悪戯《いたずら》っ子のような笑みを浮かべる。

「まずは自分の演技がどれぐらい悲惨なのか理解してもらわないと……ね？」

「……お手柔らかに頼むぞ？」

俺の演技を眺めながら馬鹿にしてくる凪咲を想像していると自然と頬がひきつる。

そんな俺を見て満足そうな笑みを浮かべた凪咲は俺の傍《そば》に近寄って背中を軽く叩《たた》いた。

「そんな不安そうな顔しなくても、みんな最初なんてほぼ台本の朗読になっちゃうもんだから安心しなさい！」

「凪咲も？」

「私は最初からセンスあったけどね？」

「流石現役で活躍してる女優は才能が違うな」

「もっと褒めなさい」

ドヤ顔で胸を張ってくる彼女に苦笑しながらカメラを意識して二人で立ち位置につく。

最初のセリフを凪咲が読んだことを合図に俺達は台本をなぞり始めた。

「――ん～。まぁ普通に初心者って感じかな？　絶望的にセンスなかったらどうしようと思ってたけどそんな事も無さそうだし、本番まで頑張ったら人に見せるぐらいには出来るんじゃないかしら？」

最後まで通しでやった感想を述べながら凪咲がカメラを止める。

声を張り、足を振り、腕を回し視線を動かす。イメージは出来ていたものの、実際にやるのとではやはり感覚が違う。

しかも終始凪咲の技術力の高さに驚きっぱなしだった。カメラ越しじゃない、生の演技。

「お前、本当にすごいのな」

「まぁね～」

ふふんと鼻を鳴らす彼女に演技の最中に感じた迫力は無い。

本当に人が変わったみたいだ。

「今色々アドバイスしてもいいけど、せっかくだし撮った動画を見ながらにしましょうか」

凪咲が三脚からスマホを取り外し、テレビ前のソファに移動する。

「ほら、そんなとこに居たら見れないでしょ。こっちおいで」

そう言いながら凪咲は隣にあるスペースを手でポンポンと叩く。

促されるままに座るが、スマホ一台の画面を共有するためかなり距離が近くなってしまう。一日の終わりだというのに漂ってくる香水由来ではない石鹸《せっけん》の優しい香りが鼻腔《びこう》をくすぐる。

「ちょっと？　ちゃんと見てる？」

その言葉に意識が嗅覚から逸《そ》らされる。

「……見てるよ」

集中はしていなかったが。

「もしかして、手繋《つな》いだりしたかった？　この前の事、思い出しちゃったんじゃないの？」

そう言ってニヤニヤしながら見上げてくる凪咲を見ていると自然と体温が上がりそうに

なる。

「いいから早く再生してくれ……」

「はいはい」

何とか悟られない様にと無理やり話を本題へと戻したが、変わらず凪咲の顔に残っているニヤついた笑みを見るに恐らく全部バレているのだろう。

少し進んでいた動画をもう一度巻き戻し、二人で画面を見つめる。

「……上手《うま》いな」

思わず声が漏れてしまうほど凪咲の演技には目がいった。演者として隣で見るのと、客観的な視点で見る演技とではまた違う。

そして映像を通して客観的な視点で見ると分かった。

かなり凪咲に合わせてもらっている。

掛け合いの場面では少し走り過ぎた俺のテンポを調整してくれているし、少し乱れた立ち位置も恐ろしいほど自然に修正してくれている。

そして分かったことがもう一つ。

全く違う。

俺自身のイメージと、俺自身が行っていた動きが全く違う。

そもそも俺は観客の目を意識できていなかった。

自分の見せ方を自分の視点からでしか考えられていなかった。

他人から見るとこう見えるのだ。その意識を刻み込み、脳内でその差を修正する。

俺の演技のイメージは北城裕也だ。小さい頃からずっと見てきた父の姿。

性格も、食の好みも、犬派か猫派かも。

父と子がするようなコミュニケーションの代わりに、俺と父さんとの間には一方通行の演技があった。

……よし。いける。

「もっかいやってもいいか？」

俺のそんな頼みを笑顔で受け入れてくれた凪咲はもう一度スマホを三脚にセットする。

意識するのは自分の視点だけじゃない。

観客の視線を意識するんだ。

父さんの作る表情、視線の動かし方、飽きるほど見たその癖を、真似《まね》るだけだ。

——台本通りに最後まで演じ終えた時、俺は大きく息を吐いた。

想像もつかなかった。案外、人に見せると意識したものを全力でやるというのは体力が必要なものなのだ。

まぁ、俺の場合は普段の運動不足も関係しているかもしれないが。

机の上に置いていたペットボトルを手に取り、中身の水を勢いよく喉に流し込む。横目に映る凪咲は、こちらをじっと見つめていた。

「どうした？　カメラ止めなくていいのか？」

先程と同様に回していたスマホのカメラを止めに行った様子はない。

「あんた……今何したの？　動画を見ている間に」

「自分が気になる部分変えてみたけど……どうだった？」

震えた声でそう言った凪咲の目は、まるで信じられないものを見たかの様だった。

「……多分こんな感じなのね、才能の原石を見つけたプロデューサーって」

口の端から笑みを漏らした後、心底ワクワクしたような表情を浮かべる。

「芸能界に居ると色んな才能を見るわ。演技もそうだし、お笑いでも、芸術でも学問でも本当に多種多様な才能がある」

ここに来て俺はやっと気が付いた。

俺は恐らく凪咲の中の何かを刺激してしまったのだ。

刺激してはいけない何かを。

「でも初めてよ。鳥肌が立つほどのものって言うのは……」

バラエティーやドラマに出ている女優の顔じゃない。心からスキルの向上を追い求めている役者の顔。

「もう一度、最初からやりましょうか」

練習に熱が入った凪咲から解放された俺が自宅に帰れたのは二時間ほど後だった……。

# 5章　距離感は間違えるくらいがちょうどいい

　そこから数日は毎日放課後に試験へ向けた練習を行っていたが、日曜日の今日は凪咲《なぎさ》の仕事の都合により練習は休みだ。どうやら、凪咲の帰宅が午後十時を過ぎるらしい。現役女優と言うのも大変だ。

　他人事の様に……と言っても実際他人事なのだが、そう思いながら久しぶりに何もない夕食後の自分時間を堪能する。

　いつもなら読書をするところなのだが、今日はなんとなく父さんの出ている映画を見ることにした。

「やっぱり上手いな……」

　試験を通して演技について真剣に考える前から表情や体の使い方については注視して視聴していたつもりだったのだが、最近の凪咲による指導を通してまた視点が変わった気がする。

表情や視線の癖は真似できても、父さんの長い俳優人生で身に付いたカメラを意識した自分の見せ方は、やはり一朝一夕では真似できない。

決して短い時間ではない映画を一本丸々集中して視聴した後、日付が変わりかけている時計を見て、寝る支度を始める。

「あそこに静寂の時間を作ったのは台本にもともと予定されてたのか……？」

誰に聞かせるでもない独り言を呟きながら洗面所にたどり着く。

「キスシーンの直前に目を逸らしたのはワザとだったのか……？」

寝支度を終え、ベッドに入った後も一度回りだした思考はなかなか止まらない。

俺が違和感を持った演出全てが台本になくて父さんのアドリブだとしたらそのレベルに一生辿《たど》り着ける気がしないし、そもそもアドリブかどうかを確かめる方法なんて本人に聞く以外の方法が存在しない。

考えることを諦め、ベッドに体重を預けて目を瞑《つむ》る。

「……寝れん」

そもそもそんなに簡単に思考の糸を手放せるようならこの世の寝付きが悪い人の五割は問題が解消されるだろう。

今すぐに眠りに落ちることは諦め、手探りでベッドサイドにあるランプの電源を入れる。

強すぎず弱すぎない光に包まれながら、近くに置いてあった試験用の台本を開き、起き上がって読み進める。

ある程度読み進めたところで枕元に置いてあったスマホが小さく震えた。

〈寝た？〉

凪咲からのそんな短いメッセージが画面に表示される。

〈寝れなくて台本読んでた〉

〈サボってなくて感心ね〉

〈一応今日は休んでいてもいい日のはずだろ？〉

〈私は生徒の意欲を見るタイプなので〉

〈なるほどな〉

台本を元の位置に戻し、スマホを持ちながらベッドに倒れこむ。

〈もう家には帰れたのか？〉

〈流石《さすが》に帰ってるわよ〉

〈もう寝る用意も終わらせたから寝る前にあんたの様子でも確認しといてあげようかなって思ったの〉

〈それは助かるな〉

『寝る前に作戦会議でもする？　明日は初めてレッスンルームで練習する訳だし』

一葉高校が芸能科などの生徒の為《ため》に用意しているレッスンルーム。

普段はダンスレッスンなどに使われるが、放課後申請さえすれば生徒だけでも使用する事が出来る。

他の試験に出る生徒で予約がかなり埋まっていたので使用できるまでかなり時間が掛かった。

相田《あいだ》さんの予定も確認しているので、そこで初めて合わせ練習が出来ることになる。

『作戦会議してもいいけど、通話にしないか？』

スワイプしてメッセージを打ち込むのに疲れてきた。

あかりがよく尋常じゃない速度でずっとメッセージのやり取りしているところを見ていると、本当に同じ人間かと疑いたくなる。

『なに？　それ自然に誘ってるつもり？　寝落ち通話したいの？』

『寝落ち通話ってなんだ？』

聞きなれない単語の登場で生まれた疑問を解消すべく返信すると、返ってきたのは呆《あき》れたようなジト目のウサギスタンプ。

『恋人同士がやるような寝るまでずっと通話を繋げるやつ』

〔そんな意図は無い〕

文字しか見えず、表情は見えないのでどんな事を考えているのかは分からないが、実際に目の前に居たらきっと「そんな事も知らないって、本当に恋愛系に弱いわね～」とニヤニヤしながら馬鹿にしてくるだろう。

〔残念ですが私は付き合ってない男性とそういうことをするつもりは無いので〕

寝落ち通話とやらに誘ったつもりもないのだが、丁寧な文章と共にウサギが深々とお辞儀しているスタンプが送られてくる。

〔ただ声を聞けた方がコミュニケーションを取りやすいと思っただけだ〕

〔え〕

〔声が聞きたかったってこと？〕

〔変な言い方するなよ〕

〔円滑なコミュニケーションの為だ〕

〔もう〕

〔しょうがないな〕

その後にスマホを震えさせたのは電話の着信……ではなくボイスメッセージ。

どうやら本当に電話をしないことにこだわりを持っているらしい。届いたメッセージの再生ボタンを押す。

『……やっほ〜』

そんな短い言葉。

しかし顔の近くにあるスマホから流れるそれはいつも聞くものとは何か違って。

『……聞こえてる？　っていうか聞き方分かる？』

間隔を置かずにまた短いメッセージが届く。

「……聞こえてるよ」

何だか妙にスマホに向かって話すのが気恥ずかしくてメッセージの頭に数秒空白が生まれてしまう。

『……声聞けてうれしい？　ありがとうは？』

「なんでだよ……ありがとう……」

相手も寝る前だからだろうか。

なんとなくいつもより柔らかく感じる声色に、抵抗する事なく素直に感謝の言葉を述べてしまう。

「で、作戦会議はしないのか？」

『作戦会議ねぇ……あ！　優人《ゆうと》が演技できるって分かったからキスシーンでも入れる？

表現の幅広げてさ！』

先程とは違ってボイスメッセージなので声色で分かる。凪咲は確実に俺をからかっている。

「やらん。というか、普通試験でキスなんてやらないだろ」

『まぁそう言うと思ってた。でも、他のチームは結構入れてるらしいけどね。ドラマに出たらキスシーンなんて基本中の基本だし』

あかりや母さん、父さんだって見ている前で凪咲とキスするところを想像する。

……無理だな。

「……勘弁してください」

『あ～想像したでしょ、今。それで照れたでしょ～？』

頭の中にニヤついた凪咲の笑みが浮かんでくる。

「もっと真面目な話しようぜ……」

結局このボイスメッセージの応酬は、俺の意識が途中で途切れることによって幕を閉じた。

◆
◆
◆

「お～い」

先程と同じようにボイスメッセージを送る。

寝たのかな。優人。

「ねちゃったの～？」

もう一度送るも、既読はつかない。

返信を待つことを諦め、枕元にスマホを投げる。

そして枕に顔を埋め、悶《もだ》える。

「あ～!! こんなのほとんど寝落ち通話じゃん!! 何してんの私！」

……でも、スマホ越しの声、なんかよかったな……。

後悔しても仕方がない事を枕に向かって叫び続ける。

投げ捨てたスマホを拾い、耳元に寄せ、画面をタップする。

『……聞こえてるよ』

『……勘弁してください』

『もっと真面目な話しようぜ……』

「～～～!!!」

いつもとは違い過ぎる距離感にもう一度悶える。

「何やってんだろ……私……」

別にこれは恋愛感情なんかじゃない。

ただの友情。

思春期真《ま》っ只中《ただなか》の私が勝手に仲良くなった異性でなんとなく遊んでいるだけ。

でも、私が優人に恋愛感情を抱いているわけではないとはいえ優人が私をどう思っているのかは気になる。

……ちゃんと友人として思ってもらえているか気になるという意味で。

意味もない言い訳を心の中でした私は、なんとなくボイスメッセージ録音のボタンを押す。

「……ねえ？　……私の事どう思ってる……？」

口から零《こぼ》れた本心を電波に乗せる。数分待っても既読はつかない。

「……寝よ」

◆　◆　◆

「お～はよっ！　優人！」

「おはよう」

翌朝、いつもと同じようにエレベーター前であかりと合流する。

昨夜は結局一時ぐらいまで凪咲とのやり取りが続いたので少し寝不足気味だ。

本当に心からショートスリーパーとやらが羨ましい。

「おはよ～あかり」

「凪咲じゃん！　今日は朝から学校行けるの？」

「うん」

エレベーターの到着待ちをしているとタイミングよく凪咲が家から出てくる。

俺が最後のメッセージを送った後に数件凪咲からメッセージが届いていたことを考えると、凪咲は俺より遅くまで起きていたはずなのだが全然疲れは見えない。

「優人も。おはよ」

「おはよう」

丁度到着したエレベーターに乗り込みながらあることを思い出す。

「凪咲、そういえば昨日の夜最後にメッセージの送信を取り消しましたって、何を消したんだ？」

俺が寝てしまった後、凪咲から数件送られてきていたメッセージの最後だけが送信を取り消されていた。

「ん？　特に何もないから気にしないでいいわよ？　ミスしただけ」

そしてその目が逸《そ》らされる。意図的に。

少し疑問に思わない事も無いが、追及するようなことでもない。その違和感はすぐに霧散し、三人の話題は他に移る。

「そういえば優人、今日の放課後忘れてないでしょうね？」

「分かってる。実習棟の四階だろ？」

今日は事前に予約していたレッスンルームが使用できる日だ。

「ん〜？　なになに？　告白とかする感じ？」

何をするのか気になりつつも、こちらをからかってやろうという魂胆が透けて見える眼《まな》差《ざ》しをあかりが向けてくる。

「もしそういう話ならあかりが居ないところで話すだろ。試験の練習の話だ」

「え〜！　今日やるの？　見に行っていい？」

「ダメだ」

コイツが見に来たら十中八九邪魔になってまともに練習が出来ないだろう。

「え〜！　優人のけち！　いいもん！　凪咲に許可貰《もら》ったらいいもんね〜。ね？　凪咲」

「ま、私も許可しないけど」

「凪咲も意地悪するの〜？」

そもそもあと数週間もすればより完成度が高まった状態で見られるというのにこんなに駄々《だだ》をこねられるのも相当なものだ。

「動画撮ってきてやるから、それで我慢してくれ」

「え！　じゃあ優人の家で鑑賞会だ！」

「はいはい……」

自分が納得できる案が出るとコロッと態度を変える。本当に調子のいい奴だ。

まぁ、そこもいいところだとは思うのだが。

◆

「じゃあ今日はよろしくね。相田さん」

「ええ、よろしく。水瀬《みなせ》さん」

そう言って相田さんは右手をスッと差し出す。握手をしようという事だろう。

今時、挨拶がわりの握手なんて外国か取引の場所か、とにかく友人という関係ではなかなか見ないと思うが。

相変わらず、独特の距離感を持っている人だ。

握手をして互いに見つめあう謎の数秒間を終えた後、そろりとこちらに近寄って来た凪咲が相田さんには聞こえないボリュームで話しかけてくる。

「やっぱり不思議な人ね……あかりと同じようなタイプだわ」

今もテレビやネットで見たのであろう「アメンボ赤いなあいうえお……」という発声練習をしているところを見ると、変だがとりあえず真面目でいい人だという事は伝わってくる。

「とりあえずやってみましょうか。いけそう？　相田さん」

「えぇ。いつでも」

俺はダンスレッスンの生徒用に置いてある三脚を借りて、全体が撮影できるようにスマホをセットする。

「じゃあ始めましょう」

各自が立ち位置についたことを確認した凪咲が手を鳴らしたことを合図に練習が始まる。

「――結構いいんじゃないか？」

確かな手応えを感じ、少し乱れる息を整えながら二人に視線を送って感想を求める。

「まぁ私は演技に関して素人だけど、蒼井《あおい》君の演技、見てる感じ良かったと思ったわね。全然水瀬さんに置いていかれてない」

今一番嬉《うれ》しい言葉をかけられ、少し頬《ほお》が緩む。

「いや、初回なのに俺達に完璧に合わせてくれた相田さんのおかげだよ」

「自分では二人に比べて要求されることのレベルは低いと思ってるもの。これぐらいはやらなきゃ」

どこかの幼《おさな》馴染《なじみ》は褒めたらすぐ調子に乗るのに、どこまでも謙虚な相田さんに好感を覚える。

家でもしっかりと練習してきてくれたのだろう。言い淀《よど》むこともなく場面に合わせて声色が少しずつ変えられることで臨場感もあった。

マイクなしでもしっかりとレッスンルームに響き渡った相田さんの透明感のある声を聞いて、やはり彼女にナレーターとしての役割を頼んだのは間違いではなかったと確信した。

「これなら……きっと裕也《ゆうや》さんに……」

凪咲も手応えを感じてくれていたということだろうか。

隣にいる凪咲からは、これから起こるかもしれない未来に興奮している様子が伝わってくる。

「蒼井君、カメラ止めなくてもいいの？」

ちょいちょいと三脚を指差され、自分のスマホで動画を撮影していたことを思い出す。

録画を停止し、正面を向くと訝《いぶか》しんだ目を向けてくる相田さんと目が合った。

「これは私の直感……みたいなものなんだけれど、蒼井君の演技って北城《ほくじょう》さんに似てない？　参考にでもしたのかしら？」

突然出てきた父の名前に心臓が少し跳ねたが、表情に出ないように意識しつつ、なんでもないように答える。

「一応参考にしてる。結構ドラマとか見てたから。北城裕也の」

「結構クオリティ高いのね……。蒼井君って顔も似ているから本人みたいで興奮したわ」

澄ました顔をして興奮していたらしい……とか思っている場合では無く、初めて母さんとあかり以外に言われた似ているという言葉にもう一度心臓が大きく跳ねる。

「そう？　演技を参考にしてるのは伝わってきたけど、顔は裕也さんもっと大人っぽくないかしら？　優人は違うタイプだと思うけど……」

台本を眺めていたはずの凪咲が会話に入ってきて否定してくれる。返す言葉に迷っていたので、正直この援護はありがたい。

「アイドル売りしてた頃の北城さんの話よ。私達が生まれたぐらいの頃だから……まだ二十五歳より前ぐらいの時かしら？」

「へぇ……随分と詳しいのね」

少し早口になった相田さんに素直に感心した様子の凪咲は話の内容に対して興味深そうに相槌《あいづち》を打つ。

「まぁ私は世界一のファンを自称しているもの……ほら、この目元とか……」

褒められたことに少し気を良くした様子で俺のパーソナルスペースの壁をブチ破り、互いの息がかかるほどの距離まで近づく。

「ちょ、近くない？　相田さん」

今まで適切な距離で話していた相田さんがいきなり距離感をバグらせたことに戸惑ったのか、凪咲が驚いたような声を上げる。

「……うん、近くで見ればより似ているわね……視力が上がりそうだわ」

さらに距離を縮めてくる相田さんに、普段なら距離を取るであろう俺は完全に「似ている」という言葉に意識を取られ、体が動かなかった。

笑って誤魔化《ごまか》すべきなのだろうか……。

対処法を考えているうちに時間は流れ、急激にテンポを速めた心臓によって体温は上がっていく。

「〜〜‼」

だんだんと冷静さを失っていく思考が、いきなり足に流れた痛みによって強制的に停止する。

「なに顔赤くしてんのよ！　キモ！」

足に痛みを流した犯人、凪咲が床に倒れ込んだ俺を腕を組みながら見下ろす。脛《すね》を勢いよく蹴られたらしい。

「言っとくけど、そういうのにいちいち勘違いしてたら痛い目見るからね！」

痛い目はたった今見せられた。

「練習しよ！」

「そうね……？」

いきなり不機嫌になり出した凪咲に戸惑っている相田さんも台本を持ち、準備を始める。

「ほら！　優人も早くする！」

なんとか無理やり切り替わった話題に胸を撫《な》で下ろしながら、俺はこれ以上不機嫌な凪咲を刺激しないように慌てて準備を始め、その後は相田さんに追及されることなく練習を終えた。

「やっほ！　お邪魔します！」

帰宅後、午後八時を過ぎた辺りであかりがチャイムも鳴らさずに玄関のドアを開け、俺の部屋に入ってくる。

「チャイムぐらいは鳴らせよ……」

「え〜？　優人の家だからよくない？　鳴らしても多分優人が怠《だる》そうな声で『どうぞ〜』って言うだけでしょ？」

俺を意識してか声を低くしながら言っているが、女性の中でも高い方の声を持つあかりが声を少し低くしたところで女の子らしさは全く抜けていない。

「それに、私がチャイム押さないこと分かっててドアの鍵かけないでくれてるんでしょ？」

「お前のせいで我が家のセキュリティーは最悪だよ」

「じゃあカギ閉めてもいいよ？」

「お前がドアガチャガチャしたり俺の名前を大声で呼んだりするのをやめたらな。近所迷惑過ぎる」

「ちゃんと夜に来る時は叫ばないよ」

「ドアガチャやめて昼も叫ぶなって話だ」

あかりを待っている間に読んでいた小説で軽くあかりの頭を小突く。

「凪咲は？　てっきりタイミングを合わせてくるもんだと思ったが」

朝の段階で鑑賞会の宣言をしていたのだから、あかりの性格的に誘ってないなどという事はないだろう。

「あ〜。誘ったんだけど、本番まで感想は耳に入れないタイプだからって断られちゃった」

ワザとらしく肩を落としながら自身の気持ちを体で表現してくる。

「まぁとりあえず見ようよ！　ていうか早く見たい！」

手足をバタバタさせながら催促してくるので右手のすぐ近くにあったスマホを持ち上げた。

「……なんか恥ずかしいな」

その感情は唐突に襲ってきた。よくよく考えてみれば画面に映った俺の演技をまじまじと見つめられるのだ。

姫と騎士しか舞台に立たないという事も考慮して、二人のキャラクターは大分濃くなっている。

しかも俺はキザな方向に……。

「え？　やっぱ見せないってのはやめてよ？」

「……ダメか？」

「ダメでしょ」

ソファにうつ伏せ状態のあかりが、かつてなく真面目な目をして返答してくる。

「じゃあ見ていいから……俺はリビングにいる」

ここでやっぱり無しというわけにいかないのは理解しているので、諦めてため息をつきながら再生前の動画を開いた状態のスマホをあかりに渡す。

そして俺はそのまま小説片手に部屋から脱出を……。

「まって」

図ったのだが、ソファから身を乗り出したあかりに服を摑《つか》まれる。

「優人？　こんなことで逃げ出しちゃ駄目だよね？　幼馴染一人に見られるだけだよ？　本番ってもっと人いるでしょ？」

変わらず真面目な目をしているあかりは普段の良く言えば明るい、悪く言えば馬鹿な言動を一切せず俺を確実に追い詰めてくる。

「そこをなんとか……」

「なりまへん」

わざとらしい関西弁を話しながら大きく首を振るあかりから逃げる事を諦め、もう一度ベッドに戻り、観念して枕に顔を押し付ける。

そもそもこの流れは逃げてもどうせ向こうの部屋まで追いかけてくるだろう。

そしたら俺の母さんも鑑賞会に交ざって状況が悪化するだけだ。

「優人、こっちこっち」

顔を上げると、あかりが自身の隣にある人一人分のスペースをポンポンと叩《たた》いていた。

「一緒に見よ？」

どうやら感想で殴るだけじゃなく俺も一緒に動画を見せられるらしい。

「もう……心配しなくてもからかわないって！　今回は優人の成長だと思って見守ってますよ？　お姉ちゃんは」

俺の表情から何を考えているか読み取ったのか、視聴中の不安要素を先回りして潰してくる。

「誕生日は俺の方が先だ……」

気乗りしないまま腰を上げ、渋々隣に座る。

「そしてスマホを持ってください」

そう言うと俺が先程渡したスマホが俺の手元に返される。

「それから足を開いて？」

言われるままに足を開くと、空いたスペースにあかりが座り込んでくる。

「そして私の前にスマホを構える」

言われたとおりに行動する……が。

「……これで見るのか？」

「そりゃそうでしょ、私が持ってたら優人が見にくくなっちゃうでしょ？　腕も疲れるし」

二人の体格差的に、ちょうど俺からもあかりの正面にあるスマホが良く見える。

まぁ、わざわざあかりの正面まで腕を回すので、俺的には余計に腕が疲れるのだが……。

「普通に二人の間にスマホ持ってって見たら良いだろ……スマホは俺が持つし」

「え～？　いいじゃん！　なんかこれいいんだよ～。人肌ってぬくいし、心臓の音って聞いてて安心するらしいしね～」

そう言って俺の胸に耳を寄せ、耳を澄ますように目を瞑《つむ》る。

「あれ……おかしいな……？」

数秒耳を当てた後、急に神妙な面持ちで言葉をこぼす。

「こんなに可愛《かわい》い幼馴染《おさななじみ》が密着しているのに全然心拍数が上がってないぞ……？」

真面目な顔して語る言葉には隠そうともしていない自分に対する自信が丸見えだ。

「慣れたんだよ」

「お？　最初の頃はドキドキしてたってことか〜？」

俺の太腿《ふともも》を指先でつつきながら聞いてくる。

「中一までだ」

「ホント？　全然気付かなかった」

「だから今の俺にこの姿勢のメリットは無いんだよ」

「まぁまぁ、いいじゃん」

そう言うと頭を振って自分の髪をなびかせる。揺れた髪が起こした微風に乗って華やかで上品な香りが漂ってくる。

「お風呂入って来たからいい匂いするよ？　なので優人には現役女子高生のお風呂上がりの香りを堪能できるというメリットがある！　……ということで」

俺の手元にあるスマホをいじり、動画を再生し始めるとすぐに映像が動き出す。

「お〜、凪咲人が変わったみたいだね〜！」

普段のドラマなどでは見ることの出来ない、役に切り替わる瞬間を目の当たりにして拍手をしながらリアクションを取る。

そして俺のセリフも始まるが、鼻腔《びこう》に流れ込んでくるあかりの香りでなんとなく心が落ち着く。

……確かにいい香りだなぁ。

そんな事を考えながらスマホの画面を見つめる。

『お手をどうぞ。姫』

普段なら絶対に言わないセリフを澄ました顔して吐く画面の中の俺。

本番なら着用しているはずの騎士風の衣装も顔を隠す仮面もない、ただ学校のジャージを着ているだけの俺がキザなセリフを吐いている。

からかわれることを覚悟していたが、事前に言ってくれていた通り一言も普段のような馬鹿にする言葉はでてこない。

どうせ笑いをこらえているのであろうあかりが言葉を一言も発していないのが逆に辛い。

なんなら、一思いにからかってもらったほうがよかっただろうか。

俺は耐え切れず画面から目を逸《そ》らし、視界の下の方にあるあかりの頭に顔を軽く押し付けて視界をあかりの髪で埋める。ここから少し俺的に恥ずかしいシーンが続く。

暫《しばら》くこれで乗り切ろう。

そしてあかりの香りで精神統一を……。

……ちょっと、というか大分キモいな、考えている事。

お風呂上がりの幼馴染から発せられる香りを楽しむ……という文字にすれば明らかに変態の行動を自重し、大人しく心を無にして乗り切ることにした。

「……ゆうと？」

そう声を掛けられて視線を正面に戻す。それと同時に動画の再生が止まっている事に気が付いた。

「どうした？　なんかあったか？」

そう尋ねると顔を赤くしたあかりがゆっくりとこちらを振り向く。

そして「別にいいんだけどさ……」と気まずそうに、視線を逸らしながら前置きをする。

「ちょっと、ちょ～っとだけ匂い堪能しすぎかも……さすがにちょっと恥ずかしい……かな？」

「……ごめん」

初めて見る幼馴染の表情に、俺は謝る事しか出来なかった……。

「さ！　続き見よ！　続き！」

少し頬《ほお》を赤らめた後さりげなく俺の足に挟まってる状態から抜け出し、隣に並んでスマホを眺めるスタイルに変更したあかりが部屋の中に流れた空気を切り替えるように手を鳴らす。

頑張って目を合わせようとしているのは伝わるが、明らかに焦点が合っていない。

「ホントごめん……」

見るからにいつもと様子の違う幼馴染を見て罪悪感がさらに湧いてくる。

「いやいや！　全然いいんだよ⁉　全然！　優人って弟みたいなもんだしさ！」

手をブンブン振りながら否定してくれる……が、目が泳いでいるし幼馴染じゃなくても分かる動揺の仕方を見てさらに申し訳なくなる。

「もう！　いつものツッコミしてよ～！　優人の方が誕生日先でしょ～？」

肘をぐりぐりと俺に押し付けながらいつもの様なからかう仕草をしてくる。

「ホントに大丈夫だって！　ほら！　いくらでもどうぞ！」

目を泳がせながらそう言って俺の胸に倒れこんでくる。

……好きなだけ嗅げ、ということだろうか。

そこで大人しく鼻をスンスンと鳴らすほど俺の神経は図太くない。

変なテンションになってしまったあかりを咎《とが》めればいいのか、あかりなりの精一杯の打開策を受け止めるべきなのか。

考えているうちにも時間は流れ、視界の下にあるあかりの頭がプルプルと震えだす。

「……ごめん、やっぱりわすれて？」

零《こぼ》すように俺を見上げながらそう告げたあかりの顔はだんだんとさらに赤くなっていった。

それが決定打となり、完全に気まずさが限界突破した部屋の中で俺は一旦動画を見ることを諦め、休憩の意味を込めてリビングからお茶を持ってくる。

「おっ、気が利くね～君」

「そりゃどうも」

あえて時間をかけたのが効果的だったのか、見た感じいつものあかりと変わらない。

「その……さっきはゴメン……なんとか動画から意識を逸らせようとして……」

「あ～もう気にしてないって！」

謝罪の言葉を軽く受け止められたことが逆にありがたく、俺もいつもの調子に戻る。

「日向《ひなた》ちゃんと凪咲に優人は匂いフェチだって伝えたらなんか気分がすっきりして！」

満面の笑みでそう伝えてきて、自分の座ってるソファをポンポンと叩く。

「さ！　もっかいさっきの体勢しよ？　大丈夫！　優人が匂いフェチでも嫌いになんてなったりしないよ？　私たち幼馴染だもんね？」

「……言ったの？」

「うん」

そう言って俺の知らない村井《むらい》さん、あかり、凪咲の三人で構成されてるトークルームが表示されている画面を見せつけて来る。

〔優人はお風呂上がりの髪の匂いが大好きな匂いフェチでした〕

しっかりと二つの既読がついているそのメッセージは分かりやすくて最悪だった。

〔どちらかと言えばむっつりっぽいですもんね〕

〔何のシャンプー使ってるの？〕

しっかりとすぐに返信してくれる二人は、とてもいい友達だ。そのおかげであかりの気分も晴れたのだろう。

……まぁ、これぐらいの罰で俺の罪が許されるのならマシか。

「早く続き見よ！　優人！」

俺にダメージが入ることを理解していてそれを期待していたのか、満足げな笑みを浮かべながら催促してくる。

ナイトテーブルに飲み物を置き、もう一度さっきの姿勢に戻る。

しっかりと意識を髪以外に逸らしながら……。

そこから特に問題は無く、あかりの「すごーい！」とか「お〜、優人カッコいいね〜！」とかの感想を聞きながらスマホを一緒に眺める。

……あと、別に画面の中の自分が恥ずかしいセリフを吐いていようと特に気にならなくなった。

先程の空気に比べれば、こちらの方が全然楽なのは明白だったから……。

『これなら……きっと裕也さんに……』

『蒼井君、カメラ止めなくてもいいの？』

そんな二人の声が流れて動画は勝手に再生を止めた。

「さて……どうだった？」

「よかったけど……優人、本当に試験に出るんだねぇ」

しみじみとそう呟《つぶや》く幼馴染《おさななじみ》の前からスマホを退《ど》かし、ベッドに軽く放り投げる。

「最初からそう言ってるだろ？」

「いや、お父さんの事を嫌いって言ってた優人がわざわざ裕也さんの目の前で舞台に立つなんてまだ信じられなくてさー」

姿勢を崩し、俺のお腹《なか》辺りに頭を乗せながら天井を見つめている。

「中二の時の話か？」

「そうそう。あの時の優人、ず〜っとお父さんのこと嫌いって言ってたでしょ？」

確かに、あの頃はそう言っていた記憶がある。

「まぁ、ちょっと反抗期ってのもあったし、中学生の頭で自分の家庭環境を理解しようとして、自分で勝手に禁句だと思ってろくに母さんに詳しい話も聞かずに妄想でストーリーを作った結果、その中で父さんに対する感情を表現する言葉が嫌いしかなかったんだよ」

今思うと、ドラマの中で父親役をしている父さんの目が俺に向かなかったこと、温かい家庭を築く男として妻を愛《いと》おしく思う眼差《まなざ》しが母さんに向いてなかったこと。

それがなんとなく悔しかったのかもしれないな。

実際は、母さんと父さんは連絡を取っていたし、息子の成長報告もしっかりと受け取っていたらしい。

「この前は深く聞けなかったけど……本当に試験の日に裕也さんと会っても大丈夫なの？」

起き上がって正座をし、真剣な眼差しでそう確認してくる幼馴染は何処までも心配性だ。

「本心を言うと大丈夫じゃないかもなぁ……」

「えっ⁉　ど、どうするの？　私が代わりに出ようか？　あ、でも男の子じゃないとだめなのか……」

少しからかうつもりで暗い表情をしながらそう呟くと、なかなか見られない焦っているあかりが見られた。

俺は少し笑った後、あかりの頭に手を置く。

「ま、生まれて初めてテレビでしか見てない父親に会うのはすげぇ緊張するけど……」

「けど？」

置かれた俺の手を両手で包みながら上目遣いで見つめてくる目には疑問符が浮かんでいる。

「なんかあったら慰めてくれるんだろ？　お姉ちゃんが」

少しキョトンとした表情を浮かべた後、満面の笑みを浮かべて俺の胸に飛び込んでくる。

「お姉ちゃんに任せなさい！」

思いっきり飛び込まれたので、俺もソファに全体重を預けるように体勢を崩す。

思ったより強い勢いに苦笑しつつ、胸に飛び込んできた幼馴染の頭を優しく撫《な》でる。

「あ、でも甘えるのはいいけど甘えるちょっと前には連絡してね？」

「なんで？」

甘えるとは言ってないのだが、そんな反論も消し去るような笑みを浮かべる幼馴染と目が合う。

「だって、優人の為《ため》にお風呂に入らないといけないじゃん？」

「……ありがとう」

ありがたい幼馴染の気遣いに、俺は否定することもなく匂いフェチという称号を受け入れるのだった……。

◆

翌日の放課後、ホームルームが終わったと同じタイミングであかりからメッセージが送られてくる。

〔先生に呼ばれちゃったからちょっと待ってて！〕

それから少し遅れて届く、凪咲からのメッセージ。

〔どうする？〕

凪咲が学校に来ている日は三人で帰るというのが習慣化していた俺達は、今日も三人で下校する予定だった。

〔図書館で時間潰すか？〕

そんな提案を送りながら、とりあえず凪咲と合流するために教室を出る。

〔行ったこと無いからどこにあるかわかんない〕

〔敷地のど真ん中にあるデカいやつだよ〕

教室を出てすぐ隣にある階段を上り、あかり達の教室の少し先にある教室。

その教室後方の扉から中を覗《のぞ》き込むと、廊下側の席に見知った背中を見つけた。

〔分かんないからむかえに来て〕

「もう来てる」

「……あんたは人の背後を取るのが趣味なの？」

ビクッと肩を浮かせた凪咲が不満げに目を細めて振り返る。

「そんなのが趣味の奴《やつ》がいてたまるか」

「どうだか。二日連続夜道で背後を取られたこともあったからね」

「あれは偶然だって……」

困った風にそう言うと、反対に嬉《うれ》しそうな笑みを浮かべる凪咲。

「じゃ、エスコートしてね？」

「はいはい」

あかりに図書館に行くという旨をメッセージで伝えた後、俺と凪咲は先程より少なくなった人の波に従って校舎を後にする。

校門から続く長い舗道の丁度真ん中あたりにある建物。ライブラリセンター。

建物は四角い箱の形をしていて、白い壁に黒の水玉模様というシンプルな外観だがそれがまた何ともいえない近未来感を醸し出していて、入学前からこの図書館を理由に心を躍らせていたものだ。

「へぇ～……ここ図書館だったんだ」

「普通気になって一回ぐらい入ってみないか？」

「全然？　なんかヤバイ施設かと思ってた」

「そんなの学校の敷地内には置けません」

入り口の自動ドアから入ると、すぐに空調の効いた図書館特有の紙の香りを含んだ優しい空気に迎えられる。

普段なら一階の本棚を適当に見て回ったり、相馬《そうま》と来ているなら自習室に向かったりするのだが、そこまで時間が掛かるわけでも無いので適当に二階の窓際に設置されている読書用のスペースに座って時間を潰すことにした。

「いいところね」

目の前にある窓から図書館前の舗道の往来を眺めながら、声のボリュームを落とした凪咲が楽しそうな表情を浮かべた。

「なんか、本読みたくなってくる感じする」

「図書館には入った人をそういう状態にする魔法が掛けられているんだよ」

等間隔に並べられた本棚と、整理整頓された本を見ると目的の物でなくてもついつい手が伸びてしまうものだ。

「ま、読まないけど」

読まないんかい。

「落ち着くわね～……」

窓から差し込んでくる日光を浴びながらそう言った凪咲はだら～んと前に手を伸ばしながら机に体重を預けた。

そしてその伸ばした腕に頭を乗せ、こちらに目線を向けてきた凪咲が落ち着いた様子で口を開く。

「……そういえばさ」

「なんだ？」

「昨日匂いフェチに目覚めたってホント？」

「……嘘《うそ》」

「そっか嘘か。匂いフェチには前から目覚めてたもんね」

俺の言葉を拡大解釈して、納得した様子でまた窓の外の往来に視線を戻す。

「……待ってくれ。そもそも俺は匂いフェチに目覚めてない」

「ホント？」

「本当だ」

「じゃあ昨日何があったの？」

「……普通に俺達は練習の動画を見ていただけだ」

「ふ〜ん……」

俺の言葉を聞いた凪咲はハイライトを無くしたような目でスマホを操作し始める。どんな感情なんだ。それ。

「じゃあこれは？」

目の前に突き出された凪咲のスマートフォンに表示されているのはあかりと凪咲二人のトークルーム。

そこには〈詳細は？〉と送った凪咲にあかりが丁寧に返事をしている様子が映し出されている。

冗談交じりで匂いを嗅いでいいと言ったらあかりの頭に顔を押し付けて来た事や俺がスンと鼻を鳴らした回数まで。

「……すみませんでした」

「別に謝ってほしいなんて言ってないけど？」

「じゃあ俺はどうすればいいんだよ……」

「何もすることはありませ〜ん」

どうやら俺が罪を償う事は出来ないらしく、ただこの十字架を背負っていくしかないらしい。そしてそのまま不服そうにスマホの電源を切った凪咲は、机に突っ伏して小さな声で呟《つぶや》いた。

「私だってお風呂の後だったらいいにおいするもん……」

どこに対抗意識を燃やしているんだコイツは。

そもそも以前二人で練習した時だって、お風呂上がりじゃ無かっただろうに、優しい石《せっ》鹼《けん》の香りが漂っていたのが印象に残っている。

「……」

そこまで考えて俺が以前から匂いフェチに目覚めていたという可能性に気が付き、その思考を切るように音楽を聴こうとワイヤレスイヤホンをバッグから取り出す。

「……私も聴く」

少し不貞腐《ふてくさ》れたような態度の凪咲にワイヤレスイヤホンを片方渡す。

平成のラブコメならコード付きのイヤホンで必然的に二人の距離が近くなる……なんて展開もあり得たかもしれないが、残念ながら今は令和だ。

一緒のイヤホンで音楽を聞くという青春展開も適切な距離で行われる。

「……？」

「どうかしたか？」

不思議そうな表情で何度もイヤホンを着け直す凪咲。

「なんか接続悪いみたい……あ、こうすればいける」

そう言いながら凪咲は近づいてくる。肩がガッツリ触れ合う距離まで。

なるほど。そう来たか令和。

そんな思考と並行して、凪咲の石鹸の匂いに頭のメモリが五割ほど持っていかれている
ということは、やはり俺は匂いフェチなのだろう。

◆

その後定期的に練習を繰り返し、試験が数日後に迫った金曜日。

俺と凪咲は試験当日の衣装合わせをするため、実習棟にある衣装ルームへ向かっていた。

「数種類の中から選ぶだけらしいから、そこまで時間はかからなそうだけど……」

試験のリーダー枠である凪咲に送られてきたらしいお知らせの画面を見つめながら凪咲
が話す。

「まぁ、退出時間も決められてないから写真でも撮って相田さんに送ってあげよっか？」

そう言って楽し気に自宅から持ってきた狐《きつね》の仮面をひらひらと振りながらこちらの様子を窺《うかが》ってくる。

「ありなんじゃないか？　本番に記念撮影できる時間があるかどうかは分からないし」

凪咲に送られてきたお知らせには〝出演者のみ〟と記載されていた。

恐らく試験の出場者が友達を呼んで混雑を起こさない様に……という配慮ではあるのだろうが、「実際に舞台にでて演技をするわけではないから私は遠慮しておくわ」と相田さんの方から申し出があった。

その後程なくして衣装ルームに到着する。

「多いな……」

扉を開けると思ったより多くの衣装が目に飛び込んできた。

和服やメイド服、いつ使うのかわからない重そうな甲冑《かっちゅう》から水着まである。

「私達は……向こうかな？」

いくつか区分けされた室内の奥には〝今年度一年生試験用〟と書かれた張り紙があった。

前を歩く凪咲の背中を追って進むと、視界に映る衣装が一気に切り替わって演技の世界で見るようなヨーロッパ風になる。

「へぇ～……結構数あるのね～……」

衣装の数は多いにもかかわらず、窮屈に感じない快適な空間を二人で歩きながら衣装を流し見していく。

混雑しない様に管理されているようで、エリアの中には他に四組ほどの生徒しかいなかった。

「とりあえず優人のから見る？」

「そうだな」

頷《うなず》きながら肯定し、女性ものの衣装が並んでいた景色から移動する。

「どんなのがいい？」

「……正直なんでもいいけどな」

並んでる西洋騎士風の衣装デザインは数種類、あとは色違いがあるだけだ。

「そう言うと思ってたわよ……持ってて？」

呆《あき》れたようにため息をつきながら左手に持っていた狐の仮面を手渡してくる。

俺に仮面を手渡した凪咲は「白……いや黒も似合うかなぁ？」と呟きながら衣装を眺めている。

デザインと色を決め、主に白が使われている衣装を手に取った。

「じゃあこの衣装着てみて？　向こうの方の試着室でスタッフの人が手伝ってくれると思うから」

「凪咲は？」

「私はあとで合流するから試着室の前で待ってて？」

「りょーかい」

先程の女性用の衣装があるコーナーに向かって歩き出した凪咲の背中を見送りながら、俺は試着室へと向かった。

凪咲の言う通りに進んだ先に居たスタッフの人に衣装を着るのを手助けしてもらった後、少し着慣れない構造の衣装に身を包まれながら狐の仮面片手に凪咲を待つ。

「どう？　私の騎士さん？」

複数ある試着室の中から姿を現した凪咲は俺の前に立ち、豪華な衣装を見せつけるように軽く体を傾け、俺の反応を窺うようにこちらを見上げてくる。

「お似合いですよ。姫」

左手に持っていた仮面を着け、凪咲の手を取ってワザとらしくキザなセリフを吐く。その言葉に凪咲もまた、満足そうな表情を浮かべる。

「うむ、くるしゅうない」

そう言って自慢げに胸を張った後、ニヤついた表情に切り替わる。

「で？　どう？　惚《ほ》れ直しちゃった？」

「もともと惚れていた覚えは無いんだが」

高貴なお姫様の佇《たたず》まいから、一気に女子高生の姿になる。

「ん〜？　どうだろうなぁ？　その仮面の下は案外狼狽《うろた》えてたりして？」

「普通だ」

「どうだか」

そう言って俺の仮面をゆっくりと外す。

「……普通ね」

「その程度のからかいにはもう慣れたんだよ」

「つまんないな〜」

ワザとらしく口を尖《とが》らせたかと思うと、急に表情をご機嫌に切り替え、近くにいた生徒に話しかける。

「ごめん、ちょっと写真撮ってくれないかな？　私達の」

近くに置いていた自分のスクールバッグからスマホを取り出し、快く了承してくれた生徒に手渡す。

「じゃ、優人。お姫様抱っこして？」

「……マジで？」

冗談のような要求に、思わず困惑の声が漏れる。

「マジマジ。大マジ」

他の生徒の前だという事を忘れているのだろうか？　それとも女優には人前だという意識は無いのか？

そんな事を考えているうちにも、しっかりとスマホを持ってこちらに向けてくれている生徒を待たせてしまう。

考えている暇はないか……。

深くため息をつき、お姫様抱っこをするために凪咲の後ろに回り込む。

「なーんて……」

何か話そうとしていた凪咲の言葉を遮り、凪咲の腰の上と太腿《ふともも》の下に手を回す。

「じゃ、行くぞ？」

「ちょ、ちょっとまっ……」

声を掛け、勢いよく持ち上げると凪咲の腕が俺の首にまわり、抱き着くような体勢になる。

「そんなにしがみつかなくても落とさないって……」

極端に非力なわけでも無いし、そもそも凪咲が軽い。

「……もうっ！　うるさい！」

何故《なぜ》かぶつけられる理不尽な怒りと共に、俺の顔に狐の仮面が押し付けられ、視界が黒く染まる。

「前が見えないんだが……」

「ゆうとはそうしてて！　……あと写真はちょっとまってください！」

残された聴力から凪咲の怒りが伝わる。

口調は丁寧なものの、撮影に協力してくれている生徒にまで語気が強まっている。

十秒ほど待たされ、深く息をつく音が聞こえた後凪咲によって押し付けられていた仮面が正しく着けられ、俺の視界が明るくなる。

「……じゃあ、お願いします……」

怒りは消えたものの、まだ不機嫌な様子の凪咲だったが、何故かスマホを構えている生徒はにこやかな笑みを浮かべていた……。

# 6章 天気と風向きコロコロと

試験当日の日曜日、カーテンを開けた俺を迎えたのはきらきらと輝く太陽ではなく雲に包まれた暗い空だった。

毎朝の様にテレビで見るお姉さんが指さしている今日の天気は、午後から晴れることを示している。

朝食を食べながらそれを横目に眺め、いつものように朝の支度を済ます。

制服に身を包み、凪咲《なぎさ》から預かっている狐の仮面をスクールバッグに入れる。

「じゃ、見に行くから頑張ってね」

玄関で靴を履いていると、洗面所から顔を出してきた母さんの声を背中に受けた。

「一応言っておくけど、父さんの所に気軽に行くのはやめたほうがいいと思う」

「分かってるって。もし話すことがあったとしても、ただのファンとしてだから大丈夫」

そう軽く言葉を返されて心の中にある不安は大きくなったが、その気持ちを抑えるように軽くため息をつき、ドアに手をかける。

「行ってきます」

外に出ると、先程部屋の窓から見た曇り空が目に入る。その光景が目に入ってくるのと同時に、隣の家から扉の開く音が聞こえた。

「あ、おはよ」

「おはよう」

お互い全く同じタイミングで出てきたことに驚きながら朝の挨拶を交わす。凪咲が家の鍵を閉めたことを確認すると、俺の隣に並んでくる。

「じゃ、行きましょうか?」


いつもの通学路を、いつものような雑談をしながら歩く。

いくつかのやり取りを交わすうちに、少しずつ緊張もほぐれていった。

「やっぱり人少ないわね〜」

校門を抜けた先の道を、凪咲が少し前を歩きながらきょろきょろと辺りを見回している。

実際明らかに人の数は少なく、通学路の途中に見える来客用の駐車場もまだ少ししか埋まっていなかった。

「あ～あ。でも暇ね～……あと四時間ぐらいあるでしょ？　待ち時間」

「俺はありがたいけどな。心の準備出来るし」

「え～？　要る？　心の準備とか」

クルッとこちらを振り返った凪咲の目には純粋な疑問の色が浮かんでいる。

「こちとら一般人なんだ。場慣れしてないんだよ」

「もしかしたら今日で一般人卒業かもよ？　審査員の人に声かけられたりしちゃってさ」

「流石《さすが》に無いだろ……試験の目的は芸能科の生徒なんだから俺はそもそも審査対象ですら無い」

「そうかなぁ～？　全然あり得ると思うけどね、私は」

「天下の凪咲様に認められているようで光栄です」

「うむ。くるしゅうない」

芝居がかった言葉を返すと、凪咲も満足そうに頷《うなず》いた。

「というかさ～……」

その動作から一転、何かを思いついたようにいつもの様なニヤニヤした表情に切り替わる。

「意外だなぁ～？　いつも自分はクールですって言ってるような顔してるのに緊張とかするんだ～？」

「いや、普通にするだろ……」

俺だって普通の人間なのだ。

「ん～どれどれ？　私が確かめてあげよう」

そう言って校舎に向かわせていた足を止め、俺の方に向かってくる。

凪咲が足を止めたタイミングで俺も歩みを止め、また何かするのかと呆《あき》れ半分で凪咲を見つめていると、いきなり凪咲が胸に飛び込んできた。

「……何してるんだよ」

からかいの材料にならない様に動揺を隠しつつ、凪咲に尋ねた。ちなみに、しっかりと逃げられない様に腕を背中に回されている。

「見たら分かるでしょ？　確かめてるのよ。緊張してるのか」

そう言う凪咲は目を瞑《つむ》り、俺の胸に耳をあてている。いくら日曜で少ないとはいえ生徒は居る。

周りからの視線と、凪咲から漂ってくる香りで少しずつ心拍数が上がってくる。

「現役女優がこんなところで男に抱き着くのはどうなんだ？」

「別に恋愛が禁止ってわけでもないし、これはからかってるだけだし。それに……」

俺の速くなっていく心臓の鼓動を聞いた後、凪咲は満足そうな笑みを浮かべながら俺から離れてこう言った。

「わたし、今は普通の女子高生だもん！」

◆

普段は座学で使われている学習棟の教室が、試験に出る生徒達の控え室となっている。

午前の部と午後の部に出る生徒のうち、午前の部に出る生徒は八時半に点呼をとられる。

点呼の時間まで二十分ほどあるものの、控え室となっている教室どれもそこそこの人数が入っていた。

「あら、おはよう」

俺達のグループが控え室として指定されている教室に入ると、既に教室内にいた人のいくつかの視線と相田《あいだ》さんの挨拶に出迎えられる。

「おはよう相田さん」

その挨拶に明るく返しながらいつもの席、窓際最前列に座っていた相田さんの隣に凪咲が座る。

俺も普段の学校生活の定位置である相田さんの後ろの席に座って一息つく。

机についているフックにスクールバッグをかけながら前二人の様子を窺《うかが》うと、凪咲が大きなため息をつきながら机に突っ伏していた。

「あ〜あ。でもこっから四時間ぐらい待機か〜……」

「まぁ、私達は午前の部の最後だものね」

「……ひま」

台本を流し読みしながら受け答えする相田さんに不満げな表情を浮かべながら凪咲が訴える。

「台本でも読んで時間を潰すしかないんじゃないか？」

机にかけたスクールバッグから台本を取り出し、今日が試験当日と微塵《みじん》も感じさせない凪咲に向けて差し出す。

……が、凪咲は宙に放り出した左手をひらひらと振って受け取らない意思を示した。

「私本番の一時間前までは本番の事を考えずリラックスするタイプなの」

「へぇ……面白いな、それ」

自分のパフォーマンスを高めるために詰め込み過ぎない方が凪咲には適しているという

事だろう。

子役の頃から続いている演技の経験で、自分のパフォーマンスを引き出す方法を知っているのだ。

俺も何となく真似《まね》しようと台本を閉じてスクールバッグの中に戻す。

「まぁ、裕也《ゆうや》さんの真似だけどね」

「……」

その言葉を聞いた相田さんは、そっと手に持っていた台本を閉じて机の上に置いた。

この人、本当に父さんが好きだな……。

「なんだか、北城《ほくじょう》さんに私の声が聞かれるって考えると途端に緊張してきたわね……」

相田さんは緊張なんて知らなそうな涼しい表情で胸に手を置き、深呼吸をしている。

「おい凪咲、変に緊張させるなよ」

「え～？　私のせい？」

そんな会話を交わしていると教室のドアがノックされ、開いたドアからスーツ姿の女性が入ってくる。

先程までは聞こえていた教室内の会話も止《や》み、静かな空間になる。

「今から点呼を取る。この点呼が終了したのち、自分達の出番三十分前にはイベントホールの控え室に移動するように」

　簡潔にそれだけを伝え、この教室に割り振られているグループの代表者の名前を呼び、出欠を確認していく。

　事務的に点呼が行われた後、すぐに女性は退出したが、変わらず教室内には緊張感が漂っていた。

　それもそのはず。俺や凪咲、相田さんが特殊なだけで、多くの芸能科生徒にとってこれは人生を大きく変えるかもしれない試験なのだ。

　数十秒ほど静寂が続き、口を開くタイミングを見失い始めた頃、教室後方のドアが勢いよく開いた。

「ん～っと……あ！　居た～！」

　緊張感をもった静寂を破った……いや、破壊したのはいつも通りマイペースで馬鹿な幼馴染《おさななじみ》だった。

「もう！　ゆうとぉ～！　控え室の場所教えてくれてたら良かったのに！」

　少し息を荒くしながらこちらに歩いて来たあかりは、「めっちゃ探したよ～」と言いながら隣の席に腰かける。

「日向《ひなた》ちゃんはしっかりと教えてくれてたのに、この幼馴染と来たら……」

ワザとらしく息を吐きながら呆れた様な眼《め》を向けてくる。

「村井《むらい》さんはどの教室にいるんだ？」

言葉を続けようとしていた幼馴染の言葉を遮って他の話題を出すと、コロッと不満げな表情を切り替え「え〜っと……」と顎に指を当て、考える仕草を取った。

「隣のとなりのとなりの……あれ？　もういっこ隣だっけ？」

すぐに答えは出てこず、数秒考えた様子を見せるも、「まあいっか！」と切り捨てた。

「夢《ゆめ》ちゃん、凪咲。優人《ゆうと》の事をどうかお願いします」

手を机の下でぶらぶらさせたまま頭だけを机につけるというシュールな進化前の土下座をかます幼馴染は相変わらずいつも通りだ。

凪咲はそれに少し笑いながら承諾していたが、相田さんは真剣に姿勢を整えて了承の返事をしていた。

「あ！　十時から日向ちゃんの試験始まるから行かなきゃ！」

先程席に着いたばかりだというのにもう一度慌てて立ち上がるあかりだが、時計の針はようやっと九時を示しそうになったところだ。

「まだ余裕はあるんじゃないか？」

「最前列が取りたいのー！」

俺の言葉を聞いた頃には既にイベントホールに向かいだしていたあかりは、そう言い残して教室から出て行った。

「慌ただしいな……あいつ」

◆

そして、あかりが出て行ったのが一時間ほど前。

あっち向いてホイをしたりして時間を潰していたら、よほど暇だったのか相田さんが急に校内を散歩しに行ったのが確か三十分程前。

時刻は十時過ぎ。俺と凪咲は待ち時間約二時間を残して、完全に暇になった。

「ゆうとー……なんか面白い話して～？」

「……俺がその手の振りに対応できると思ってるのか？」

「ん～……無理そうね……」

だら～んと机に体重を預け、足を宙でパタパタとさせながら凪咲が諦めたような感情を含んだ目線を送ってくる。

「ねぇ～……なんか話そうよ～」

「何についてだよ」

「ん～……昨日の晩御飯？」

「昨日はハンバーグ。というか凪咲も昨日一緒に食べただろ」

凪咲と母さんが連絡先を交換してから食卓に凪咲が居ることも増えてきた。

母さん本人は「一人暮らしって大変だろうし、色々面倒見てあげなきゃでしょ？　前のお隣さんに優人の事もいろいろ良くしてもらったしさ」と口では言っていたものの、その表情はただ単にあかりとはまた違うタイプの女の子を可愛がっているだけに見えた。

「……あ、優人のお母さんにまたハンバーグ食べたいって言っておいて？　美味《おい》しかったから」

「昨日何度も言ってた気がするけど」

「念のためよ。念のため」

昨夜、母さんと並んで食器を洗っていた凪咲が何度ももう一度食べたいとリクエストしていた光景を思い浮かべる。

母さんも満更ではなさそうだったので、恐らく近々また我が家の食卓にハンバーグが並ぶだろう。

「分かったよ、言っておく」

俺がもう一度リクエストしなくてもどうせ食卓に並ぶだろうと思いながら返事をすると、凪咲のパタパタさせていた足が分かりやすく速くなる。

小さく鼻歌まで歌い始めたところで、ようやく相田さんが教室に帰って来た。

「いつも同じ道しか通ってなかったけれど、散歩すればするほど味があるわね。この学校」

ゆっくりと椅子に腰かける相田さんは、一仕事やり切ったような含みのある表情をしている。

「さて？　何をしましょうか？」

そう言ってポケットから何処で手に入れたのか分からないトランプを取り出し、シャッフルを始めた相田さんは不敵な笑みを浮かべ、カードを配り始めた。

「難しいものなのね、トランプって」

そもそもトランプを家族と数回しかやった事が無かったらしい相田さんは、言葉を選ばずに言えば弱かった。

ババ抜きや大富豪、スピードなどいろいろな種類のゲームを試したが、結局神経衰弱が一番マシな勝負が出来るゲームだと理解した頃にはそれなりに時間が経過していて、教室内に残っているグループは俺達だけになっていた。

「よし！　あれが出来るわね」

最初は楽しそうだったものの、流石《さすが》にトランプの連戦には飽きたのか、唐突に立ち上がった凪咲が誰も座っていない椅子を動かし始める。

「……何してんの？」

「まぁまぁ、教室を出る前に元に戻しておけば大丈夫でしょ」

一生懸命椅子を動かし、教室の前にある空きスペースに椅子を五つほど並べる。

「……？」

手持ち無沙汰なのか、静かに手元のトランプをシャッフルしている相田さんが不思議そうに凪咲を見つめている。

「結局何して……」

そう疑問をぶつけようとすると、凪咲の手のひらが俺に向かって突き出され、その先の言葉を止められる。

自慢げな表情を浮かべながら上履きを脱ぎ、寝そべるようにして並べた椅子に体を預けた。

「簡易ベッドよ」

「……落ちるなよ？」

暇すぎて何でもよくなったのだろう。今の凪咲を見ていると、小学生の頃のあかりを思い出す。

あの時のあかりも同じ様な事をした結果背中から落ちて、幸い大きなケガは無かったもののの数分間泣き止まなかったことが記憶に残っている。

「あと三十分ぐらいはこれで過ごそうかしら」

試験まであと一時間半ほどある。

凪咲が言っていた一時間前のラインまでの時間を寝て過ごすらしい。

「……もう一回散歩行けるかしら？」

「……もう一回？」

時計を眺めていた相田さんがまさかの校内散策二回目を匂わせてくるので思わず聞き返してしまう。

「大丈夫。三十分前には絶対に帰ってくるから。なんなら蒼井《あおい》君も来る？　制服デートってやつかしら？」

椅子の上でリラックスしていたはずの凪咲が、クルッと体勢を変えて俺に怒りを含んだ視線を向けてくる。

……相田さんに手を出す可能性があると警戒されているのだろうか。

凪咲の目からそういう威圧を感じる……もちろん、そんな気も度胸も無いのだが。

「遠慮しとくよ……というかデートだとしても校内ならわざわざ制服デートなんて言わないんじゃないか？」

「あら？　そうなの？」

「多分ね」

「そう……今度制服デートしてみたいものね」

そう言葉を残して教室を出ていく。

そして俺と制服デートをしてみたいとは一言も言っていないのに俺への警戒心を強める凪咲。

多分、あの人は制服デートという言葉自体にしか興味がない気がする。

それから数分経っただろうか。

特に会話もすることもなく、試験の事を考えずにリラックスするつもりだったにもかかわらず、無意識でここ最近ずっとやっていたように台本を頭の中で反芻《はんすう》していた。

習慣とは怖いものだ。

「ねぇゆうと〜」

俺に背中を向けていた体勢から、俺から凪咲の顔が見えるような体勢に変わる。

「この椅子固くて体痛いんだけど」

「そりゃそうだろ。座るために最適化されてるんだよそれは」

「せめて枕があればなぁ～」

そう言いながら自分のスクールバッグを頭の下に置いたりしてみているが、すぐにしっくりこないといった表情になる。

「まぁもういっかぁ……」

諦めたようにため息をつきながら並べた椅子の中の一つに座る。

「どうしよっかなぁ、相田さんも多分三十分くらい戻ってこないでしょうし」

「だろうな」

試験に向けての練習期間で理解した。あの人は恐らく自由の語源か何かだろう。相田さんを見た人が自由という言葉を作ったのだろう。

「優人、なんかしようよ」

「何かって言ってもトランプぐらいしかないぞ？」

相田さんが使っていた机の上に放置されているトランプの箱を横目に眺めながら言う。

「トランプは別にいいかなぁ……」

本格的に暇つぶし案も出てこず、天気予報通りにだんだんと窓から差し込み始めた日光の暖かさに、ついあくびがこぼれる。

「何？　優人眠いの？」

「ん？　まあちょっとだけな」

正直にそう答えると、凪咲は意を決した表情で椅子から立ち上がった。

「使って？」

「いや、固いんだろ？　それ」

自分でゆっくりするのには向いていないという結論を先程下していたはずだ。

「大丈夫。枕ならあるから」

そう言うと、凪咲は先程まで自分の頭があった位置に座り、自分の太腿《ふともも》をポンポンと叩く。

「どうぞ？」

少しだけ目に期待の色を浮かばせながら、挑発的な口調で凪咲が誘う。

「いや……大丈夫ですけど」

「なんでよ！　好きなんでしょ!?　太腿！」

挑発には乗らずに素直に回避しようとすると、何故《なぜ》かあの時の会話内容が流出していた。

「……何で知ってるんだよ」

「聞いたのよ、山田《やまだ》って人に。ちょっと前に優人が疲れてたら膝枕してあげてって言われて」

「余計なことを……」

初対面であろう現役女優にそんなことを言う奴の度胸は認めつつ、次に会った時には二度と口外しないように釘《くぎ》を刺しておこうと心の中で誓う。

「信じなくていいぞ。あんな奴のこと」

「じゃあ嘘《うそ》なの？　太腿が好きっていうのは」

「……嘘ではないけど」

「じゃあ使わないの？」

太腿をぽんぽんと叩きながら、こちらに確認の視線を飛ばしてくる。

「……相田さんが帰ってくるかもしれないし」

「帰ってこないって、わかってるでしょ？　優人も」

自分の中にあった回避のための言い訳もすぐに砕かれる。

いや、言い訳なんて他にもっとあったのだろう。しかしすでに言葉を探すことなどやめ、凪咲の前に立つ。

「どーぞ？」

優しい微笑《ほほえ》みを浮かべながら、上目遣いでしっかりと俺の目線を掴《つか》んで離さない。

「失礼します……」

無理やり視線から逃げ、凪咲の太腿に頭を預ける。

最初に来たのは羞恥と驚きの感情。

自分達以外誰も居ない教室で何をしているんだという理性的な思考と、それを吹き飛ばすような太腿の柔らかい感触。

恥ずかしさから凪咲の顔など見られるはずがない。

外側に自分の顔を向け、教室の後ろの黒板に書いてある誰が描いたのかもわからない落書きを見つめ、何とか余計なことを考えない様に善戦する……が。

「よしよ〜し……」

子供をあやすような口調でそう呟《つぶや》きながら頭をゆっくりと撫《な》でてくる。

凪咲の予想外の行動に驚き、作者不明の落書きに視線を固定する事すらままならなくなってしまう。

「ありがとうね、私と試験に出てくれて」

平静を装ってそう言っているが、その声色には確かに羞恥が含まれていた。

「別に無理にこんな事しなくてもいいんだぞ……？」

凪咲も決して平気なわけではないと理解すると、少しだけ罪悪感が湧いてくる。

「私がこうしたかっただけだから……」

羞恥からか少し声を震わせながら言葉を紡ぐ。

「だから……」

俺の目は凪咲の手で覆われ、温かさに包まれる。

「今は……顔見ないで……？」

◆

膝枕開始五分が経過してもまだ慣れない様子の俺を見た凪咲は、逆に平静を取り戻したらしかった。

俺が特に反撃もしてこない、出来ないと理解した凪咲は、幼い子供をあやす様な声色で「かわいいね〜」と言いながら頭を撫で始めるまで調子に乗っていた。

……が、不快に感じない、はっきり言えば心地よさすら感じてしまっていた俺は、体が燃えるように熱くなるのを自覚しながら凪咲のからかいを受け入れてしまっていたのだ。

「今ならゆうとのして欲しい事、何でもしてあげるけど？」

妖艶さを含んだ吐息交じりの声が、俺の耳を撫でる。

「凪咲……ちょっと調子乗り過ぎだって……」

「なに？　ギブアップ？」

温かい吐息で溶かされそうな俺の理性がギリギリ凪咲の行動を抑制しようとするも、俺のギブアップ宣言と捉えた凪咲は、さらに気を良くしたように口角を上げた。

「普段女の子に話しかけてもらえないゆうとの為《ため》に……」

耳元で大きく息を吸う音が聞こえる。

「〝好き〟とか言ってあげよっか？」

俺の耳に触れた甘い言葉が、俺の体を跳ねさせた。

その反応にさらに気を良くした凪咲は、もう止まらない。

「ねぇ……？　どうするの？　ゆうとの経験の為に、サービスしてあげよっかなっておもってるけど……？」

風邪をひいた時の様に体の内側から熱が込み上げて、自分の頭の中に湯気がかかった様に感じる。

「何も言わないなら言ってあげないよ？　さん……にぃ……いち……」

「よくよく考えてみたら短期間に二回は飽きるわね」

ドアを開けながら悩ましげな表情で独り言をこぼす相田さんが視界に入った。

……と思うと世界がひっくり返り、床と現実に叩《たた》き落とされる。

一気に襲ってくるのは、自分は何をしていたんだという後悔と背中の痛み。

……これはあかりが数分間泣いたのも納得の痛みだ。

「いやっ！　あのっ！　これはっ！」

勢いよく立ち上がり、俺を現実に戻してくれた凪咲の顔が一気に赤く染まる。

「なんか変なテンションになってただけだからぁ!!」

顔を赤くさせ、大声で叫ぶ凪咲。

先程の事を思い出し、床に寝そべりながら後悔、羞恥、気まずさ、いろいろな感情に襲われている俺。

そして何が起こっているのか分からない相田さん。

控え室は、混沌《こんとん》としていた。

あの時から俺と凪咲の間に漂った微妙な空気は晴れないまま、試験の会場となるイベントホールに到着する。

他人から見ても明らかに違和感がありそうな俺と凪咲の物理的な距離に相田さんが触れないのは気遣いか、それとも気が付いていていないのか……。

受付のお姉さんに指定された出演者用控え室に向かいながら、先程のことから気を紛らわせる意味合いも込めてそんな意味のない思考を繰り返していると、見知った顔が通路の先に見えた。

「あ、蒼井君達じゃないですか」

先に試験を終えた村井さんが、首にかわいらしい色のタオルをかけながらこちらに気が付いた。

「村井さんは今から帰るところ？」

「はい。ちょうど帰るところだったのでナイスタイミングでした」

俺の少し後方に居る凪咲に挨拶と、その間にいる村井さんにとっておそらく初めましての関係であろう相田さんに軽く会釈をした後、俺にしか聞こえないボリュームで話し始める。

「……何かあったんですか？」

「……まぁ色々？」

出来ればあまり深くは触れてほしくないところだ。

「それより、試験どうだった？」

「それよりって……」

あかりにならう通用する無理やりな話題変更に、なんとなく心配そうな表情を浮かべた村井さんは、俺がこれ以上追及してほしくないことを悟ったのか、「え〜っと……」と呟きながら先程の試験の出来事を思い出すように空を見つめる。

「まぁとりあえず人が多かったってことぐらいですかねぇ……想定してた三倍くらいは迫力ありますよ。舞台から見ると」

「まぁ、北城裕也が来るとなると、そっち目当ての人も多そうだもんな」

「ですです。緊張しない様に心構えしておいた方が良いかもしれません」

初めて舞台に上がる俺の事を心配してくれているのだろう。その目には心配の色が浮かんでいる。

「ありがとう。頑張るよ」

その言葉を受け取った村井さんは小さく頷《うなず》き、凪咲達に挨拶をしながら出口へと向かって行く。

その背中を見送った後、俺達はもう一度微妙な距離感のまま控え室へ向かう。

出演者用控え室に到着した後、俺達は荷物を置くとすぐに別室へと誘導された。

男性と女性で分けられたので女性陣の様子は分からないが、俺は忙しそうなお姉さんに美容室で見るような椅子に座らされ、されるがままにメイクを施される。

仮面をつける関係上目元のメイクは必要なかったのだが、メイクをする真剣な表情のお姉さんになんとなく声はかけられなかった。

そのまま流れる様に衣装を着せられ、控え室へと送り返される。

今日一日この作業をやり続けていたのだろう。エンジンが温まり切ったといった感じで最高速度を出して業務を進めていた。

プロの仕事を感じつつ、控え室に戻ると台本を眺めているいつも通りの相田さんと目が合う。

「あら、いい感じね」

「どうも……って、凪咲は？」

「私は関係ないって言って抜けてきたから、まだ色々してるんじゃないかしら？」

二人一緒に帰ってくると思ったが、どうやら相田さんはあの雰囲気の中で発言できたらしい。

俺が相田さんの立場ならおそらく舞台裏でばっちりメイクを決めながらナレーションし

ていることだろう。

そう感心しながら衣装が汚れたりしないように気を付けつつ椅子に腰かけると、ちょうどそのタイミングでドアが開く。

キラキラした衣装。

それに身を包むだけの凪咲なら以前見た。

しかし今日はそれにプロのメイク技術まで添えられている。

たとえ同性だろうと目を引く。異性なら尚更《なおさら》だ。

……そのはずなのだが。

俺も、相田さんも、視線は凪咲の先にあった。

「北城……裕也さん？」

驚きと喜びが入り混じったような震えた声で呟く相田さんの声で、俺は無意識に息を止めていたことに気が付いた。

「いや〜、水瀬《みなせ》ちゃんに挨拶しようと思ったらちょうど楽屋の前で会ってね〜。ナイスタイミングだ」

俺は声を出していいのかも分からず、あの時に見た密着番組はしっかりプライベートの雰囲気だったんだ、なんてどうでもいいことを考えてしまっていた。

「どうも、初めまして。北城裕也と言います」

分かりきったその名前を口にした実の父は、空いている席に座って凪咲と世間話を始める。

憧れの人が目の前にいることに耐えられなかったのか、俺に色紙とペンを渡してきた相田さんは「サインお願いね」と言い残して北城裕也と入れ違いになるように駆け足で部屋を出て行った。

俺は手元の色紙と、凪咲と世間話をしている実の父親との間で視線を行き来させながら、どのようにして話を切り出そうか迷っていた。

確かにナレーターとしての役割を依頼した時、北城裕也のサインを貰《もら》ってきて欲しいと言われたが、俺は出来る事なら凪咲を間に通そうと考えていた。

……が。

「私だって緊張することはあるんですよ？」

そんな風に父と会話をしながら俺に視線を向けては直《す》ぐに逸《そ》らす。という行動を凪咲は先程から何度も繰り返している。

先程の教室での出来事を意識してしまっている凪咲とまともにコミュニケーションを取れる自信が俺にはない。

俺さえ雰囲気にのまれなかったらこの事態は回避できたという後悔から、俺の方が気まずさを感じているのもあって話しかけるのすら勇気がいる。一度あの膝枕の誘惑を受け入れてしまったのは俺なのだから。

言い出せなかったことが原因でサインが貰えなかったという結果になったら相田さんに申し訳が立たない。

そもそもサインを多分貰えると言ったのは俺で、俺のせいでこの機会を逃すわけにはいかないのだ。

二人に聞こえない様に、小さく息を吐く。

「あのっ！　サインって貰えたりしますか……？」

そう言って時間差で色紙とペンを差し出す。

もし、親子の会話としてこれを見るのならば、零点の会話だろう。

しかし、凪咲のような何も知らない人が見ると、ただの緊張している一般人と有名俳優の会話にしか見えない……と思う。

「うん！　全然構わないよ」

ファンにサインを求められたからか、息子に初めて話しかけられたからか。

どちらにも見える嬉《うれ》しそうな表情を見せながら俺から色紙を受け取った。

父さんと会話していた凪咲は、会話相手である父さんの視線を追って俺の方を見ていたが、微妙に目が合わない気がする。

「え～っと、蒼井優人くんへ……でいいのかな?」

自然と出てきた俺の名前に少し心臓が跳ねたが、少し考えれば試験官としてやってきた北城裕也が出演者の名前を覚えていても違和感はない。

それが自身の知人である凪咲とチームメンバーという事なら、尚更名前を覚えていても、なんら不思議ではない。

「あ、さっき出て行った女の子に頼まれてて……相田夢って言います」

「じゃあ……ユメちゃんへ、とかでもいいのかな? 漢字は寝ている時に見る夢、でいいんだよね?」

頷きながらそれを肯定すると、慣れた手つきで色紙の上にペンを走らせ、ほんの数秒でサインを書き上げた。

「で、キミの分はサイン要らないのかな?」

よくメッセージアプリのスタンプで見る、お手本のような笑顔をこちらに向けてくる。

「あ～……えっと」

普通ならきっとこのサインは貰いたい。

というか、俳優としての北城裕也には俺も普通にサインを貰いたい。

俳優としての北城裕也ではなく父としての北城裕也に会うつもりだった俺はサイン用の色紙を持ってきていない。

俺は少し迷ったが、スクールバッグの中に入れていた台本を差し出した。

色紙じゃなく、この試験期間中ずっと使っていたものなので、目立った汚れはないが折り目などがついてしまっている。

しかし、特に構わずにそれに嬉しそうにペンを走らせる北城裕也。

［ゆうとへ］

平仮名で優しくそう書かれたサインは、父さんなりの静かな愛の込め方に思えた。

自然と脳内に浮かんできた母さんと二人で過ごした日々。

特に嫌な思い出も、辛い思いもしてこなかったはずなのに心の奥に何か温かいものを感じた。

今まで概念でしか、言葉でしか知らなかった父親というものをなんとなく理解できた気がしたのだ。

「じゃ、僕は先に戻ってるよ。ここに遊びに来てるのがバレたら怒られちゃうからね」

冗談っぽくそう言う父さんに、思わず小さく笑ってしまう。

それを満足そうに見つめた北城裕也は「じゃあ試験、期待しているよ」と言いながら控え室を出て行った。

台本に書かれた文字に数秒視線を留めた後、破れたりしてしまわないようにゆっくりとバッグに戻す。

帰ったらどんな感じで母さんに話そうか。

十分もしないうちに移動を始めなければならないにもかかわらず、俺の意識は試験とは別のところにあった。

だからだろうか。

気が付かなかったのは。

「……ねぇ」

真剣な様子でスマホを見つめている凪咲が呟《つぶや》くような声で話しかけてくる。

そろそろ膝枕から意識は逸れてきただろうか。

試験のためにも、そろそろ普段の空気感に戻しておきたい。まぁ、凪咲は試験は試験で切り替えるタイプだとは思うが。

「なんだ？」

そんなことを考えつつ、平常心を意識しながら返答する。

「これ、見て」

そう言いながら俺に突き付けられたスマホの画面には、かなり前に撮られた北城裕也の画像。

……ちょうど俺が生まれる前のアイドル売りをしていた時期ではないだろうか。

「で、これがなんだよ」

実際には大きく跳ねた心臓がうるさいぐらい鳴っているのだが、必死に平常心を装う。

「似てると思わない？」

「誰に？」

「あんたに」

まるで興味が無いみたいに見せるため、椅子の背もたれに背中を預けて大きく伸びをする。

「ん～……自分じゃわかんないけど、相田さんにも言われてたし、そうなのかもな、実際」

「私も初めて見たけど、似てるわ」

「へぇ～……ありがたい話だな」

そこで止まって欲しいと願ったその話は、止まってくれない。

「私、子役の頃裕也さんと共演してるの。娘役として」

「なんとなく知ってるな。母さんが前話してた気がする」

なんとなくじゃない。

父さんが出演したドラマや映画はすべて追っている。

俳優としての北城裕也を目的にドラマを見ていた俺が、あのドラマの子役が凪咲と同一人物だと気が付いたのは知り合ってからだ。

「あの時、私はこの人には一生かかっても勝てない、って思ったの。本当のお父さんの様に優しい目付き、スタッフさんに軽く注意された私にこっそりお菓子をくれたのも、娘に甘いお父さんって感じで……」

過去を懐かしむように語りながらも、その視線は俺から離れない。離れてくれない。

「私だって何年もこの芸能界で過ごしてきた。この人は演じてるな、この人は本心だな、とか他の人より分かるって自負がある」

スマホを持った手がいつの間にか小刻みに震え、ゆっくりと下げられる。

「なんで……」

凪咲が発する言葉が震え始める。

「……なんであの時の目付きが、態度が……本物のそれが、優人に向けられてるの……？」

言葉は、出なかった。

「なんで何も言ってくれなかったの？」

凪咲は分かったのだろう。たどり着いてしまったのだろう。

最も尊敬する人に伝えられてから、自分を苦しませ、悩ませた〝才能を持った子〟とやらの正体が俺であるという可能性に。

こんな状況でも咄嗟《とっさ》に頭に思い浮かんだ否定の言葉じゃなく、脳内のどこかにあるこの場を切り抜けられる最適解を探してしまう。

そんな俺を見て、凪咲はさらに悲しげな表情を浮かべた。

「サインは貰えたかしら？」

最悪で最高のタイミングで戻ってきた相田さんも何かを感じたらしく、訝《いぶか》しんだ様子で俺と凪咲の間で視線を行き来させる。

「……何かあったの？」

涙を堪えている雰囲気を漂わせている凪咲は、弱々しく首を横に振った。

「……ううん、何もない。そろそろ行きましょっか」

そう言って相田さんの隣の空間を抜け、控え室から出ていく。

相田さんは俺からは見えなくなった凪咲の背中を、心配そうな表情で見つめていた。

「……大丈夫なの？」

俺に視線を移した相田さんがそう聞いてくる。

それに頷《うなず》いたりすることすらも、俺にはできなかった。

「何してんだ……俺」

ただ、どうしようもない後悔が俺を襲っていた。

◆ ◆ ◆

以前、クイズ系のバラエティー番組に出演させてもらった時に人は怒りの感情が生まれた後、六秒ほどで冷静さを取り戻し始めると学んだことがある。

「〜〜〜!!!」

優人の気持ちも考えずに控え室から飛び出し、舞台裏に入るまでの一分間は、私の心の中を後悔の気持ちで埋めるのには充分な時間だった。

「あの……水瀬さん？　大丈夫？」

舞台裏の出入り口で勢いのまましゃがみ込んでいた私を心配するように、何度か授業で顔を合わせたことがある先生が声を掛けてくれる。

「ちょっと緊張してただけなんで大丈夫です」

「そう……？　水瀬さんでも緊張したりするのね。大丈夫だから、頑張って！」

芸能科の生徒にも評判の優しい笑みを浮かべた先生が激励してくれた後、忙しそうに駆け足で他のスタッフさんに声を掛けに行った。

試験の準備で忙しい中、私の様子に気づいて声を掛けに来てくれたのだろう。

「……あ」

先生に対する感謝と、それに報いるためにも、もう一度試験に集中する意識を高めていると出入り口のドアが開き、優人と相田さんが入ってくる。

「その……ごめん」

私と一度合った視線を申し訳なさそうに逸《そ》らした優人が、謝罪の言葉を口にする。

「……何で謝るのよ」

私も謝れば良いのに、そっけなく返してしまう。

……あかりみたいな可愛《かわい》い性格だったら、もっと素直に私も謝れたのかな。

「……ごめん」

全て自分の責任だ。みたいな顔をした優人にもう一度謝罪の言葉を口にさせてしまう。

少し考えたら優人が話せなかった理由も分かるし、私は演技の先輩としてその意図を汲《く》んで優人が舞台に集中できる環境を作るべきだった。

悪いのは……全部……。

舞台に立てないような、暗い考えに陥りそうになったタイミングで、私達の間に立った相田さんが祈るような、縋《すが》るような声色で私達の手を取った。

「二人とも」

「頑張って……ね？」

そう声を掛けた後、慌ただしく準備を進めるスタッフさんの元へと駆け寄っていく。

「……仮面、着けないといけないんでしょ」

私達を心から心配して声を掛けてくれた相田さんに分けてもらった勇気で、右手に仮面を持ったままの優人に話しかけると、やはり忘れていたようで慌てた様子で仮面を着け始める。

が、慌ててるせいでいつもより紐《ひも》の結び方が甘い。

「……あんたねぇ」

その紐を結び直そうと伸ばした手は、スタッフさんの準備を促す声に止められてしまう。

慌てた様子で立ち位置に向かう優人の背中を見送り、少しの不安要素を残したまま試験は始まってしまうのだった。

緞帳《どんちょう》が上がる合図のブザー。

私達を迎える観客の拍手。

緞帳が上がり切ったのと同時に、私にスポットライトが当たった。

「あーもう退屈！　今日も私はここで一人なの？」

身分の影響で生まれてからずっと城の敷地内で過ごしているという設定の生意気でおてんばな性格の姫が自室で叫んでいるシーンから始まって、そこに優人演じる騎士が入ってくる。

正直、先程の事もあって優人のパフォーマンスに影響を与えてしまうのではないかという心配はあった。

「国王陛下に聞いていた通りだな……」

優人のセリフと共に舞台にもう一つのスポットライトが追加されたタイミングで客席に、審査員席に妙な緊張が走ったのが分かった。

期待、興奮、いろいろな物が混じった緊張感。それはもちろん私にも伝わっていて、その感覚には確かな覚えがあった。

「随分と元気なお姫様だ」

騎士の衣装という堅苦しいものを身に纏《まと》っているのに、力の抜き方、ふわりとした声色、口許《くちもと》に湛《たた》えた余裕のある笑みがその印象をまた変える。

自分という存在の使い方、魅せ方を完全に理解しているような立ち振る舞いを、私が舞台の前の審査員席に座る北城裕也に重ねたことは必然だった。

少し興奮気味の私を落ち着かせてくれるような、練習通りのクオリティーをしっかりと維持してくれている相田さんの語りと共に物語は進み、二人の関係性は変化していく。

「貴方《あなた》の態度は気に入らないけど、貴方と一緒なら街に行けるんでしょ⁉」

「もちろん。俺が一緒に居て危険などあるはずもないしな」

普段作品の完成度を考えている裕也さんは周りの演者を呑《の》み込むような演技はしないが、初めて舞台に立つ優人はそんな事を考えてるはずもなくずっとフルスロットルだ。

……ちょっと楽しいかも。

試験のメインは私なのに、いつの間にかその立場が演技に触れて一か月も経《た》っていない男子に奪われそうになっている。その状況に、私の口角が自然と上がった。

多分、ライバルとはこういうものを言うのだろう。負けたくない、そんな存在。

「もし怖い事があったら、目を瞑《つむ》って俺の後ろに隠れているといい」

それと、何故《なぜ》か分からないが優人がセリフを話す度に観客席から声が上がるようになった。主に女性から。

「ほんっとに、なんかムカつくヤツ！」

キャラクターの立場以上の感情が籠った言葉が場内に響き、二人は街に降りる。

後は、街を散策して外の世界を知った姫が騎士とこれからの予定を語るシーンだけだ。

噴水の前にある椅子に並んで座り、いつの間にか触れ合っていた手を意図的に深く重ねながら、今まで城から見下ろすだけだった人の往来を間近で眺める。

「本当に、私の知らない事ばっかりね。世界って」

試験が、もうすぐ終わる。

「これからも色々な事を知っていけばいいだろう？」

私に負けない……いや、私より大きいぐらいの存在感をずっと保ちながら優人が自身最後のセリフを言い終える。

今も楽しそうに審査員席に座る裕也さんが言っていたことは間違っていなかった。

才能を持った子。最初から芸能科に居ないなら見つかるはずもない。

「言われなくてもそのつもり！　明日も、よく私を守るように！」

「なんなら、俺がずっと守ってやろうか？」

私のセリフの後に入る相田さんのナレーションで終わるはずだったのに優人がアドリブ

を入れてきた。しかも、今日のお客さんの反応から考えて一番盛り上がりそうなヤツ。

相田さんも何が起きているのかを理解して、私のリアクションを待ってくれている。

……でも、丁度そのタイミングで優人の素顔を試験官と観客の目から隠してくれていた仮面が外れてしまう。

手が当たったのか、時間の経過で紐が緩んだのか。神様が悪戯《いたずら》したみたいに落ちたそれに、優人は固まっていた。

「貴方が守りたいなら好きなだけ守らせてあげる。ずっと、ね？」

いつか落ちるかもしれないと予想していた私は、アドリブを返しながら優人の顔から落下した仮面を空中で受け止め、目を丸くしている優人の顔を引き寄せる。

これで舞台の外にいる人達からは仮面に隠れた優人の素顔は見えないだろう。

後は相田さんのナレーションに繋《つな》がるように、綺麗《きれい》にオチを付ければいい。

そんなの簡単だ。ラブストーリーのオチなんて大抵決まっている。

私は仮面の陰で固まる優人を見つめ、マイクにも、優人の耳にも届かないほどの声量で呟《つぶや》いた。

「今は……私に守られて？」

◆◆◆

仮面が外れたのを理解したのと同時に鳴った緞帳が下りる合図のブザー。それと同時に近づいた凪咲の顔。

「ばーか……着け方が甘いのよ……」

歓声と拍手の中そのまま緞帳が下り、客席からの視線が無くなったベンチで凪咲の顔がゆっくりと離れていく。

そのタイミングで凪咲が右手に持っている狐《きつね》の仮面を見て、咄嗟《とっさ》に客席側からの視線を切ってくれたのだと理解した。

しかも、人に見せる物語としての演出を両立させながら。

「戻るわよ、ここに居たら邪魔になるだろうし」

そう言われて辺りを見渡すと、スタッフの人達が試験で使われた道具の片付けを始めている姿が目に入った。

ベンチから立ち上がった凪咲は、そのスタッフ達に挨拶しながら舞台袖へと入っていく。

遠くなっていく背中を見つめながら、先程何が起こったのか確認するように手を唇に持っていく。

確かに、何かが触れた気がした。

柔らかい何かが。

今までに無いぐらい近づいた凪咲の顔。それと同時に唇に触れた柔らかい感触。

それらから自然と導き出される答えに、体が勝手に熱くなる。

「大丈夫ですか……？」

ベンチの上でフリーズしていた俺の意識を現実に引き戻してくれたスタッフは訝《いぶか》しんだ目で俺を見ていた。

俺はその人に軽く会釈をし、慌てて舞台を後にすると、どうやら俺を待ってくれていたらしい本番前にメイクしてくれたお姉さんに捕まる。

午前の部を終えたからか、先程より落ち着いた様子の大人達に衣装を返却したりした後控え室に戻ると、俺より先にその作業を終えたらしい凪咲と目が合った。

「……お疲れ」

試験前の父親の事。試験最後のキスの事。両方を意識している俺の言葉はいつもよりどこかぎこちない。

「……うん」

凪咲も似たようなことを考えていたのか、そんな素っ気ない返事をした後、俺と合っていた目は意図的に逸《そ》らされる。

凪咲が座る席の対角の椅子に腰かけ、壁にかかっている時計に何となく視線を置いた。

「……」

「……」

お互いに口を開かず、秒針が時を刻む音だけが控え室に響く。

……せめて、相田さんが戻ってきてくれたらこの気まずさも多少はマシになるんだけど……。

一刻も早く相田さんが戻ってきてくれる事を願いながら、無言の時間の気まずさを誤魔《ごま》化《か》すように俺はスクールバッグに入っているペットボトルに手を伸ばす。

「……ねぇ」

凪咲にそう声を掛けられ、特に喉も渇いていない俺は手を止めた。

「さっきの事だけど……」

俺の反応を窺《うかが》うようにこちらを見て来る凪咲の目には、不安の色が浮かんでいる。

だが、俺の頭には一つの疑問が浮かぶ。

「その……どっちの事だ？」

「……裕也さんの事でしょ？」

さも当然かのような口ぶりだが、不自然に目を逸らされ、声は少し上ずっている。凪咲もキスの事は意識しているのだろうか。

「まぁ……その、ごめん。ほんと。信頼してなかったとかそういう訳じゃないんだ」

もちろんそんな事を口にできるはずもなく、凪咲に謝罪する。

そもそも、凪咲が進学先を決める理由になるほどの北城裕也の言葉の答えである俺がそれを黙っていて、しかも大事な試験の直前という最悪のタイミングでの答え合わせ。

凪咲が怒りを感じるのも当然だし、二度と口をきいてくれなくなってもおかしくなかった。

「いやっ！　謝るべきなのは私の方で……」

俺の考えに反してそう言った凪咲は、申し訳なさそうに目を泳がせている。

「ちょっと考えたらそんな事言えるわけないって分かるし、本番前に雰囲気乱すようなことするのも絶対ダメだし、なんかあの時の私は……その」

そこで言葉を止め、気恥ずかしそうに俺の周りに視線を漂わせた後、机に突っ伏した。

「……もー！　何て言えばいいんだろ……」

足でパタパタと床を叩《たた》いている事が音で分かる。

何故か俺より頭を悩ませている様子の凪咲になんと声をかけようか迷っているタイミン

グで、丁度控え室の扉がノックされた。

「……」

小さく扉を開けて出来た隙間から顔を覗《のぞ》かせている相田さんが、慎重に中の様子を窺っている。

「え〜っと……おかえり?」

なんという言葉をかけるのが正解か分からないまま、とりあえず相田さんを迎え入れる言葉をかける。

相田さんの理由が分からない行動に戸惑いながらも、机に突っ伏して出来た腕の隙間から扉の方を見ている凪咲に視線を送った。

この話はここで止めておいた方が良いだろうか。それとも、相田さんにも話しておくべきか?

しかし、一度相田さんに勘づかれた時はうやむやにしてしまっているし、何より相田さんの中にある北城裕也像を壊してしまいかねない。

「まだ喧嘩《けんか》中かしら……?」

そんな二択に迷っていると、扉から半身を覗かせている相田さんが恐る恐るといった様子で尋ねてくる。

俺が凪咲を怒らせてしまった事で相田さんが試験後控え室に戻って来づらかったのなら申し訳ない。

そんな風に考えながら、とりあえず首を横に振っておく。

「ほんと？　でも水瀬さん泣いてるし……」

「泣いてない！」

「ならよかったわ」

泣いてると思われるのが嫌だったらしい凪咲が勢いよく立ち上がりながら泣いていないことを主張するも、相田さんは驚いた様子もなくただ安堵《あんど》の表情を浮かべる。

「それで……さっき二人に何があったのかどうしても気になってずっと考えてたんだけど……」

半身を扉から覗かせた状態のまま、気まずそうに視線を宙に漂わせた後、相田さんは意を決した様子で扉を大きく開けた。

「結局二人に聞くしかないと思って戻ってきたら……その、いらっしゃって」

そう言って相田さんが視線を送った先には、申し訳なさそうな表情を浮かべる北城裕也が居た。

そのまま相田さんと共に控え室に入って来た父さんは少し気まずそうに俺の隣に腰かけ

た。

「まぁその、盗み聞きするとかそんなつもりは無かったんだけど……」

俺と凪咲に交互に申し訳なさそうな視線を送る父さんは多分、聞いていたのだろう。

凪咲にバレてしまったという話を。

「試験の話も含めて、ここで話してしまっていいのかを決めてくれるか？」

相田さんに伝えてもいいのか、という事だろう。

内容を濁しながらそう話す父さんの目は俺から離れなかった。

俺の正面に座る相田さんは、緊張からか背筋を伸ばしながら俺達三人の間で視線を彷徨《さまよ》わせている。

「俺は……話したい、です。……友人として」

隣に座る父さんに向き直って、先程の敬語が抜けないままの口調でそう告げる。

「水瀬ちゃんは知ってるんだと思うけど、僕と蒼井優人は親子なんだ。血のつながった」

俺の言葉を聞いて満足そうに小さく頷《うなず》いた父さんは、特に間を空けず軽い口調でそう話す。

それと同じタイミングで、相田さんが手に持っていたペットボトルが床に落ちる音が控え室に響いた。

「ご、ごめんなさい……！」

そう謝ってペットボトルを拾おうとした相田さんは、机に頭をぶつける。

「っ〜〜!!」

机から大きな音が鳴ったので、どれくらいの痛みなのかはある程度予想できた。

明らかな動揺を見せた相田さんが面白かったのか、話を遮ったことを気にさせないため
なのか、父さんは面白そうに小さく笑った。

「さっき夢ちゃんが気にしてた二人の不和は、きっと僕が原因なんだと思う」

ゴメン。と言いながら頭を下げた父さんに、何も言わずに会話を見守っていた凪咲が焦
ったように立ち上がった。

「いやっ……！　悪いのは私なんで……！」

凪咲の言葉で頭を上げた父さんは、凪咲と目を合わせた後、首を横に振る。

「高校生の子供がいる知り合いが、思春期の子供との関わり方に悩んでいる理由が分かっ
たよ。首を突っ込んでも良いことないね。ほんと」

そう言いながら頰《ほお》をかく父さんは、困ったような笑みを浮かべている。

「まぁ、俳優としての経験値でここに呼ばれたけど、父親としての経験値は全然足りてな
かったね、僕」

「すみません……私があの時変に取り乱さなければこんな事にはならなかったのに……」

申し訳なさそうに肩を落とした凪咲を見て、父さんは軽く笑った。

「いや、これは優人に会ってみたいって気持ちを抑えられなかった僕が悪いし……元々この子が生まれる時に引退する予定だったからいつでも良かったんだよ。誰かに話すのなんて」

言葉の途中で俺に目線を送り、片手を宙に浮かせる。

数秒間何かを躊躇《ためら》う様に空中で腕を漂わせた後、俺の頭に手を乗せてきた事で、理解した。

緊張したのだ。どんな場面でも平気な顔して仕事をやり遂げる北城裕也が。一人の男子高校生の頭を撫《な》でる事に対して。

それを理解した途端、思わず笑いがこぼれた。

急に笑い出した俺を不思議そうに見つめる凪咲と相田さん。そして恥ずかしそうに目を逸らす父さん。

「まぁ、なんだ。これを機に公表してみても悪くないか……？」

「それは勘弁してよ。俺が目立ちたくないってのもあるけど……俺、まだテレビで活躍するカッコいい父さん見たいし」

驚くほど自然に口から出た父さんという言葉に、父も気恥ずかしそうに頭を搔《か》いた。

「一人息子がそう言うのなら仕方ない」

小さく笑いながらそう言って、壁にかかっている時計を見た後、立ち上がる。

「じゃあ僕はそろそろ戻るよ。それと……」

扉に向かって歩き、取っ手に手をかけた父さんが振り返って俺を見る。

「僕はいつでも親子での共演歓迎だから」

冗談か本気か分からない言葉を残して控え室から出ていく。

少なくとも俺には本気に聞こえたが……。

父さんが出て行った後の控え室には、妙な静けさが流れていた。

多分、二人とも口を開くタイミングを窺っているのだろう。

「出来れば俺と父さんの事は秘密にしといて欲しいんだけど……」

その静けさを破ると同時に、大事なことを確認しておく。

「私はいいけど……」

特に悩む様子もなく、すぐにそう返した凪咲の目線は隣の相田さんに向けられる。

「私も構わないわよ……ちょっと秘密が重いけれど……」

胃が痛くなるってこういう事だったのね……と呟《つぶや》きながらお腹《なか》をさする相田さんを見て、

俺は少し申し訳ない気持ちになるのだった。

◆

その日の夜、再び俺に直前まで何も知らされず俺の家で開催された試験お疲れ様パーティを終えて相田さんと村井さんを見送った後、特に帰宅の時間制限が無い凪咲とあかりの二人は俺の部屋でいつもの様に各々の時間を過ごしていた。

「……」

「あかり？　始まってるぞ？」

「……あ、ごめん」

いつもの様にコントローラーを握ってオンライン対戦を始めたはいいものの、ボーッとしているあかり。

これは今に始まった事ではなく、パーティの最中にもどこか上の空といった様子で、村井さんに心配されたりしていた。

「……凪咲、なんか用か？」

「な、なにもない！」

そしてこちらも同じく、いつもの様に本棚から漫画を取ったはいいものの漫画を読まずにずっとこちらをちらちらと見て来る凪咲。

凪咲はかれこれ三十分以上同じページを開いている。どんだけ名シーンなんだ。そこは。

「……試験終わって、幕が下りた後に最前列に座ってた人達で話してたんだけどさ」

いつの間にかコントローラーを床に置いていたあかりが膝を三角に折り畳み、猫が地面に倒れこんで負けを示しているゲーム画面をぼんやりと眺めながら呟きだす。

「最後……さ、してたの？　キス」

負けた時に流れるゲーム内ＢＧＭのみが聞こえる静かな室内。

視界の端に映る凪咲がその言葉を聞いて、持っていた漫画を自分のお腹の上に落としたのが分かった。

「し、して……た？　のかなぁ？」

少し頬を赤くしながらこちらにちらちらと視線を送ってくる凪咲。

「俺も分かんないけど……唇に何かが触れた感触は……まぁ、あった」

「……まぁ、じゃあ多分、そういうことね……私も、あるし」

漫画を落としたことで迷った視線の置き場所をデジタル時計に固定した凪咲は「……でも！」と言葉を続けた。

「距離感間違えただけだから！　ほんとはちょっと手前で止めるつもりだったから！　ワザとじゃないから！」

「それは分かってる。あの事について感謝してるよ。俺は」

顔を真っ赤にして説明してる凪咲を見て逆に冷静になった俺は、素直な感謝の気持ちを述べる。そもそも、あれは俺のミスを凪咲がカバーしようとした結果起こった事故なのだ。原因は俺にある。

しかし、自分とは反対に冷静な俺にムカついたのか、唇を尖《とが》らせながら、むすっとした表情で俺に不満げな目線を向けて来る。

「そもそも演技だし。舞台の上でのキスなんてただの演出だし。ぷらいべーとなヤツとはまた違うヤツだし。ゆうとが特別だって勘違いしないで欲しいし」

「……まぁしないけど」

「というか忘れろっ！」

そう言った後、俺に枕を投げつけながら怒りを表現したいのか分からないが可愛《かわい》く鼻を鳴らしてそっぽを向く凪咲。

「ほんと……わすれろ……」

もう一度そう呟きながら、漫画を落としたことで空いた右手の指先を感触を確かめるように自身の唇にあてる凪咲。

……頬を赤らめながらそんな事をされたら、忘れられるものも忘れられない。

「……私、帰るね」

その一連の会話を聞いたあかりは突然そう言ってスッと立ち上がり、俺の部屋に来る際の数少ない荷物であるスマホを片手に部屋を出て行こうとする。

「あっ！　待って私も！」

そして先程から部屋に流れている妙な雰囲気から抜け出したいからか、それとも今俺と二人きりになるのが嫌だからなのか、凪咲も慌ててあかりの背中を追いかけて部屋から出て行こうとする。

が、凪咲のスマートフォンは俺のベッドの上に置かれたまま。

「凪咲」

足早に部屋を後にしようとする凪咲の手を摑《つか》んだのだが、俺が凪咲と二人きりになろうとしているとでも勘違いしたのか、顔を真っ赤にして羞恥の混じった目を向けて来る。

「えっ、あの、な、別にそんな焦らなくていいって言うか、お風呂も入ってないし、別に忘れなくてもいいから今日は見逃してほしいって言うか……」

「何もしないって……スマホ。忘れてるぞ」

そう言って凪咲の手にスマホを握らせると、拍子抜けした様子で「ありがとう……」と感謝を述べて来る。

見送るために玄関まで追いかけてもまた変な勘違いをされそうなので、そのまま凪咲を見送ると、どうやら丁度良くタイミングが被ったらしく、廊下に出た母さんと二人が会話している声が聞こえて来る。

それもそこまで長くは無く、一分もしないうちに玄関のドアが開く音が聞こえた。

「……」

静かになった部屋の中で、なんとなく先程の凪咲が唇に手を当てている光景を思い出す。

それと同時に浮かんでくるのは、試験の最中の興奮と、一番やってはいけない失敗をしたという事を理解した時の焦り、そしてその直後の凪咲の唇の柔らかさ。

「……マジで忘れよう」

流石《さすが》に凪咲の姿をその感触と一緒に思い浮かべるのはダメな気がする。

自分に言い聞かせるようにそう口にした後、俺はベッドの上に置かれたままの漫画を片付け、ゲームを片付けようとコントローラーに手を伸ばすと、部屋の扉が開く。

「あかりちゃん、何かあった？」

母さんが少し不安気な表情を浮かべながら部屋に入ってくる。

「さぁ……ちょっと前からそうだったし、あんま聞いてほしくなさそうだと思ったから俺も聞いてないいんだよな」

「そう……オレンジジュースじゃなくてお茶を飲むぐらいだし、結構深刻な事だと思うんだけど……」

よく分からない判断基準で状況の深刻度を判断している母さんは、心配そうな表情を浮かべながら部屋から出て行った。

# エピローグ　幼馴染《おさなな》《じみ》は寄り添って

凪咲《なぎさ》達が帰って二時間ほど経《た》った頃だろうか。

スマホが震え、何かを受信したことを伝えて来る。

〔今から家いっていい？〕

そんなあかりからのメッセージ。

〔こんな時間に珍しいな。いいけど〕

スマホの画面上部に表示されている時刻は午後十時を過ぎている。

俺が送ったメッセージはすぐ既読が付いた。

あかりも、俺が断らないと分かっていたのだろう。既読が付いて数十秒もしないうちに玄関のドアが開く音がした。

玄関から続いたあかりの足音はいつもより速いペースで俺の部屋のドアの前で止まる。

「どうした？　急に──」

急にやってきた幼馴染を迎えるために自室のドアを開けると、ゆっくりと部屋に入って来たあかりにそのままベッドへと押し倒された。

「……なんか体熱くね？」

「……お風呂入って来たから」

「そっか」

いつもとは違う幼馴染の雰囲気や行動に、あえて俺は理由を聞かず、いつもの様に意味の無い会話をする。

「……聞いてもいいヤツ。というか聞いて」

だがそれは間違っていたらしい。

「なんかあったか？」

あかりの要望通りにそう聞くと、顔の向きを変え、俺の胸に顔を埋めたあかりが少し間を置いて呟《つぶや》く。

「私、今日なんか変だったでしょ？」

「……まぁちょっとだけな」

「ほんとは？」

「大分変だったな」

あかりを思ってマイルドにしたのだが、あかりにはお見通しらしい。

「やっぱり」と小さく笑ったあかりは、一呼吸おいて再び口を小さく開いた。

「……小さい頃からずっと一緒にいた幼馴染が目の前で友達とキスしてるの見たら……ヘンにもなっちゃうよ」

そう言われてあかりの様子が変だった理由を理解すると共に、自然と頭の中にあかりと相馬《そうま》がキスをする構図が浮かんでくる。

……嫌すぎる。

「……二人に、キスしたの？　って聞いたけど、聞かなくてもなんとなく分かってた。二人の様子、なんか変だったし」

「ごめん。俺がもっと気を付けていればあんなことは起こらなかったのに」

そもそも、俺があの時しっかり仮面を着けていれば試験自体はトラブルなく無事に終えられたはずなのだ。

「あれは、父さんと俺の事情を知った凪咲が俺の秘密を守るためにしてくれたことなんだ」

「凪咲にも話したんだ？　裕也《ゆうや》さんの事」

「まぁ、色々あってな」

俺達の間に起こった不和については隠しながらそう伝えると、あかりは寂しげに「そっか」と呟いた。

「私の幼馴染特権、一個無くしちゃったかぁ……」

「何だよ。幼馴染特権って」

「ん〜……？」

柔らかい声を出しながら少し考えるような間が出来る。

「……ゆうと、頭撫《な》でて？」

「なんでだよ」

そう戸惑いながらも、胸のあたりにあった幼馴染の頭を撫でる。

「こういうのだよ」

「なるほど」

確かに、あかり以外に日常で頭を撫でてなんて言われたら、何か裏があるのかと勘ぐってしまう。

そんな妙に納得させられる言葉を最後に、会話は途切れる。

ただ、俺に伝わってくるのはあかりの呼吸音だけ。

「……もし、優人《ゆうと》に彼女が出来ても、私は幼馴染でいられる？」

少し声を震わせながら、あかりが聞いてくる。

「……別に、あのキスは事故だし、付き合うとかそういう事にはならないぞ」

あかりが考えているであろう未来を否定しておく。

「凪咲じゃなくても……私たちは幼馴染のまま？」

何を考えてそんな事を言っているのか分からない。ただ、俺は安心させるようにあかりの手を握った。

「幼馴染って関係は変えたくても変えられないだろ」

それを聞いたあかりはもぞもぞと動き出し、俺の左肩に顔を乗せ、首に腕を回してきた。

「……あんまり、変わり過ぎないでね」

耳元でそう呟くあかりに、少しこそばゆいものを感じる。

「人はそう簡単に変われないぞ」

そう返すと「そうかも」と少し笑い声を含んだ返答をされる。

「……」

「……」

それ以降会話は無く、抱き合う様な体勢のまま感じるのはお互いの体温と心臓の鼓動だけという状況が少し続く。

「……そういえばさ、どうかな？　シャンプー変えたんだけど」

先程から鼻腔《びこう》をくすぐってくる、ラベンダーの様な優しい香り。

以前のこともあって気にしない様にしていたが、あかりの言葉で嗅覚に意識が集中する。

「……いい香りだよ」

どんな言葉を選べばキモくならないのか。どんな言葉でも無理な気がする。

「ゆうとが好きな香り？」

「……別に俺の好みは関係ないんじゃないか？」

耳元で俺を追撃してくる幼馴染に、体温が上がるのを感じる。

「好き？」

何とか濁して逃げようとしても、あかりは逃がしてくれないらしい。

「……好きだよ」

俺の好みの香りだと伝えただけなのに、何故《なぜ》か恥ずかしくなってしまう。

「優人が匂いフェチなのは変わらないね〜、ほんと」

上機嫌に耳元で囁《ささや》く幼馴染に、俺は心の中で白旗を上げる。

「まぁ、ちょっとその気持ちわかるけど」

そう言って、俺の耳にあかりがスンスンと鼻を鳴らす音が聞こえて来る。

「私、ゆうとの匂い嗅ぐと落ち着くから好きなんだよね」

いつもの様に楽しそうな声色にだんだん戻って来たあかりを俺の羞恥で突き放すわけにもいかず、むしろやり返してやろうとあかりの後頭部に手を添えて、ワザとらしく鼻を鳴らす。

「くすぐったいよぉ……でも、いいよ？　ゆうとの好きにしても」

無防備に小さく笑いながらそう言って理性を壊そうとしてくるあかりにふざけ返す余裕も無くなった俺は、全てを諦めてあかりに身を委ねることにした。

この後、俺に抱き着きながら寝てしまったあかりをお姫様抱っこであかり宅のベッドに運んだときに比べれば、この時の羞恥はまだマシな方だったと後になってから気付くのだった。

◆

翌日、昨夜の事を思い出し勝手に体温が上がるのを感じながら外に出ると、いつもと変わらない笑みを浮かべる幼馴染が居た。

「おはよ！　優人」

「……おはよ」

昨日の不安そうな顔は何処《どこ》へやら。なんならいつもよりご機嫌そうだ。

「昨日運んでくれてありがとね！　ママ達から聞いた」

いつもと違ってすぐに開いたエレベーターに乗り込みながら、あかりが言う。

「昨日はな〜んか不安だったんだよね、優人がどんどん変わっていっちゃう気がして」

下降を始めたエレベーターの中で、背中を壁に預けたあかりが呟いた。

「……そんなこと無いだろ」

あかりに俺はどう見えているのだろうか。

自分では、自分の変化に気が付けない。

「ううん、変わってるよ」

小さく笑みを浮かべながら、すこしだけ寂しそうに言葉を零《こぼ》した。

「でも大丈夫だって分かった」

エレベーターから出た先の自動扉、それを開けて太陽の光を浴びながらあかりが嬉《うれ》しそうに笑った。

「優人が私を好きなのは変わらないって分かったから」

鼻歌交じりに前を歩く幼馴染。

微風に乗ったラベンダーの香りが、昨日の出来事を思い出させた。

そこからの日常は変わらず、いつも通り学校に登校し、放課後一緒に下校し、夕食後にあかりが遊びに来て、ゲームをする。

俺はそれを止めることも一緒にゲームをすることもなく、自分のやりたいことをして時間を潰す。

暫《しばら》くすると仕事帰りの凪咲も家に来て、漫画を読みながらたまにあかりのゲーム画面についてコメントしたりしている。

自分でも充実していると思える生活。

この空間は、なんだか心地よい。

どうやら対戦に負けたらしいあかりが、慰めてもらいたくて凪咲の胸に飛び込む。

それを困り半分嬉しさ半分といった表情で受け入れ、楽しそうにじゃれあう二人を眺めていると、唐突にあることを思い出す。

「そういえば……村井《むらい》さんに話すの忘れてたな」

あかりが凪咲のお腹《なか》にぐりぐりと押し付けていた顔を少し上げ、こちらに視線を送ってくる。

「なにを～？」

「父さんの事。相田《あいだ》さんにも話したんだよ。試験の時」

「あ〜、幼馴染《おさななじみ》特権無くしたヤツかぁ……」

「秘密を共有できる仲間が増えたと思えよ……」

大袈裟《おおげさ》に肩を落とす幼馴染に呆《あき》れた口調でそう言うと、あかりは「冗談だよ」と軽く笑った。

「それに、私にはあと百個の幼馴染特権が残ってるからね！」

キメ顔でそう言うあかりだが、凪咲に抱き着きながらお腹に顔を埋めている格好で言われてもギャグかなんかにしか聞こえない。

俺がそれを無視し、手元の小説に視線を落とすと「む〜……」という不満げな声が聞こえてくる。

「あ、あと日向《ひなた》ちゃんには話さないであげた方が良いと思うよ」

凪咲から離れ、立ち上がりながらあかりが言う。

「多分日向ちゃんなら、そんな大きな秘密話さないでくださいよぅ！　って言うんじゃないかな」

あかりが口調を変えながらそう話す。もし、村井さんの物真似《ものまね》ならクオリティは三割もない。

しかし、どうやらそのクオリティが凪咲にとってはツボだったらしく、楽しそうに笑い声をあげた。

数秒間笑ったあと、涙を拭う仕草をしながら「でも」と話し始める。

「確かに、日向ならそう言うかもね」

「ま、凪咲もそう言うのならそうか」

物真似はさておき、村井さんと仲のいい二人がそう言うのなら話さない方が良いのだろう。

相田さんも秘密の重さに少し困惑していたし、性格によっては本当に困る場合もあるしな。

再びゲームに戻るあかり。

漫画に目を向けながら、先程の事を思い出したのか小さく笑い声を漏らしている凪咲。

そんな幸せを感じながら、俺達は明日も過ごすのだろう。

二人を眺めながら俺は漠然とそんな事を思うのだった。

# あとがき

作者は「カクヨム」出身の作家で、自由気ままにラブコメを書いていていたら運よく声をかけていただいて、そのまま本にさせていただきました。ほんと、カクヨム最高。

作者としても書籍化なんて経験したことも無ければ出来るとも思ってなくて、最初に書籍化の連絡をいただいた時は一旦深呼吸して、階段をダッシュで降りて、外に出て、庭で飛び跳ねました。冗談抜きで。

……あとがきって案外書くことが思い浮かばないものなのですね。私がカクヨムに登録する前、ただの一読者だった頃に読んだラノベでは十ページくらいあとがきを書いていらっしゃった方が居たんですが……あれ凄《すご》い事だったんだな。

そんな事を書いているとあとがきの枠が埋まってきました。あれ、楽勝じゃん。

さて、残りは真面目に本書籍出版にご協力いただいた皆様への感謝を。

カクヨムに居た自分を拾い上げてくださった担当編集K様、イラストレーターのカット様、校正担当の皆様、そして以前からカクヨムで本作の連載を追いかけてくださっている読者の皆様、御礼申し上げます。では、またどこかで。

膳所々《ぜぜぜ》

# 一般人《いっぱんじん》の俺《おれ》を芸能《げいのう》科《か》女子《じょし》達《たち》が逃《の》がしてくれない件《けん》。


著　膳所々《ぜぜぜ》

角川スニーカー文庫　24556

2025年4月1日　初版発行

発行者　山下直久

発　行　株式会社KADOKAWA
〒102-8177 東京都千代田区富士見2-13-3
電話　0570-002-301（ナビダイヤル）

印刷所　株式会社暁印刷

製本所　本間製本株式会社




●お問い合わせ
https://www.kadokawa.co.jp/（「お問い合わせ」へお進みください）
※内容によっては、お答えできない場合があります。
※サポートは日本国内のみとさせていただきます。
※Japanese text only




Printed in Japan　ISBN 978-4-04-115986-6　C0193


**★ご意見、ご感想をお送りください★**
〒102-8177 東京都千代田区富士見 2-13-3
株式会社KADOKAWA　角川スニーカー文庫編集部気付
「膳所々」先生「カット」先生